STELLA

OUVRAGES DU MÊME AUTEUR:

ROMANS, NOUVELLES.

LES ENFANTS DU MARQUIS DE GANGES ou les Expiations. . . . . 1 vol. in-8°.
LA BALLE DE PLOMB. . . . . 1 vol. in-8°.
LE DIAMANT NOIR. . . . . 1 vol. in-8°.
LE BOUQUET DE CERISES. . . . . 1 vol. in-18.

VOYAGES.

SCILLA E CARIDDI (Calabres et Sicile). — l'Oberland bernois.
— Genève. . . . . 2 vol. in-8°.
LES ANGLAIS CHEZ EUX. . . . . 1 vol.

BIOGRAPHIE. — ÉTUDES POLITIQUES.

VIE DE CHARLES NODIER. . . . . in-8°.
MANUEL DES DROITS ET DES DEVOIRS . . . . 1 vol. in-18.

PHILOLOGIE. — HISTOIRE LITTÉRAIRE.

REMARQUES SUR LA LANGUE FRANÇAISE, sur le style et la composition littéraire. 2 vol. in-8°.
HISTOIRE DES RÉVOLUTIONS DU LANGAGE EN FRANCE. . . . . . . 1 vol. in-8°.

PARIS. — IMPRIMERIE DE J.-B. GROS, RUE DES NOYERS, 74.

STELLA

COMÉDIE EN QUATRE ACTES

PAR

M. FRANCIS WEY.

Représentée pour la première fois, à la Comédie-Française, le 24 septembre 1852.

PARIS

D. GIRAUD ET J. DAGNEAU, LIBRAIRES-ÉDITEURS

7, RUE VIVIENNE, AU PREMIER, 7

Quand un écrivain plus ou moins accepté du public pour des ouvrages étrangers au théâtre, s'avise tardivement d'aborder la scène, la première impression qui accueille sa tentative, consiste dans un étonnement général. Un littérateur, écrire une pièce et prétendre à la faire représenter... quelle imprudence! comment admettre qu'il abandonne son art, pour entreprendre un métier qui n'est pas le sien!

Ce sentiment de surprise, presque de blâme, était inconnu au temps où les œuvres dramatiques étant considérées d'une manière absolue comme des ouvrages littéraires, un écrivain passait sans effort d'un roman à une comédie, ou d'une tragédie à un traité d'histoire.

De nos jours, on pense autrement : pourquoi? c'est que les conditions de l'art ont changé. L'artifice des combinaisons, la préparation des coups de théâtre, des surprises, des méprises, des tableaux inattendus, ont constitué, en dehors des lettres, une véritable profession. Les moyens matériels, qui jadis concouraient au but et éclairaient l'idée de l'auteur, se sont substitués à l'idée et sont devenus le but même.

Tel est, en effet, l'empire des procédés mécaniques, que l'exploitation des diverses scènes françaises, est devenue l'objet d'une florissante industrie, entre les mains d'une pléïade d'arrangeurs, collaborateurs obligés, qui très-souvent se dispensent de mettre leurs noms aux ouvrages par eux accommodés, laissent la renommée à l'auteur, et se contentent de toucher des honoraires en tant que machinistes de la pensée. L'un des plus habiles et des mieux achalandés, disait naguère, en désignant plusieurs des écrivains dramatiques en renom : — C'est moi qui fais toutes les pièces de ces messieurs.

Logiciens intrépides, les tenanciers du théâtre actuel sont parvenus à la synthèse algébrique de leurs procédés ; ils ont tout réduit à sept ou huit combinaisons principales, qui engendrent chacune deux à trois sous-combinaisons : en dehors de ces compartiments, rien n'est praticable.

Ainsi, le lendemain de la représentation du drame de M. X..., on pourrait recueillir entre les arrangeurs, des dialogues de ce genre :

— De qui est la pièce de M. X... ?

— G... a fait avec A... le premier et le quatrième acte ; les trois autres sont de F..., de C... et de R... ; puis N... a raccordé le tout.

— Oh ! cela doit marcher tout seul ! Au fond, qu'est-ce que cette pièce ?

— C'est la troisième combinaison balancée avec la cinquième, et le dénouement sort de la sous-combinaison deux et sept.

— Bon ! je vois cela d'ici.

Il le voit en effet. Indiquez-lui le sujet avec le nom des personnages, et il reconstruira la pièce sans l'avoir vue. Ils sont douze ou quinze *carcassiers*, selon l'énergique expression de Théophile Gautier, qui, avec ces seules indications, feraient tous le drame de M. X..., le combineraient tous de même, et iraient à un succès prévu, par un sentier frayé, et tout droit, comme au moulin.

Un pareil résultat n'est point à dédaigner ; mais il exclut l'originalité, la fantaisie, l'inspiration, l'indépendance, bien plus que ne le firent jamais Aristote ou La Harpe ; il aboutit à tourner dans un cercle invariable, et il finirait par transformer l'art en une sorte de jeu de casse-tête chinois.

Grâce à ce développement excessif des ressources du métier, il est probable que les anciens maîtres de la scène échoueraient aujourd'hui devant un public déshabitué de chercher l'intérêt dans l'exposition d'une idée forte, dans le sentiment poétique, la richesse des pensées ou la conception de caractères vivement saisis et étudiés avec franchise d'après nature.

Les écrivains critiques de nos grands journaux le savent très-bien, quoiqu'il leur répugne de l'avouer. Mais leur pensée se fait jour dès qu'un littérateur fort ou faible, étranger au mouvement actuel, a l'imprudence d'aborder la scène. — Que vient-il faire dans cette galère? Cette exclamation retentit dans toutes les feuilles et sous toutes les formes.

Comme la nécessité de sortir de la voie battue est généralement sentie, comme les esprits vigoureux aspirent aux ardeurs de la lutte, comme en outre jamais un *faiseur* de profession n'a marqué sa place dans les fastes du théâtre, ailleurs qu'au comptoir du caissier; comme, au contraire, tous les auteurs dramatiques devenus célèbres, ont été des lettrés, dans l'acception la plus élevée du mot, il s'ensuit que l'annonce du début dramatique d'un écrivain connu excite à l'instant la curiosité, et que l'on s'attend à un chef-d'œuvre.

Prônée d'avance, la pièce sert de prétexte à accabler les hommes en possession de la vogue, une foule de vérités sévères, ce qui les dispose mal en faveur du débutant; puis, comme on a exagéré les espérances, le moins qui puisse advenir plus tard, c'est la froideur qu'une déception fait naître.

Car, à cet instant fatal, voici ce qui se passe invariablement.

Poëtes, romanciers, hommes littéraires pour la plupart, les critiques (je parle de ceux qui ont un rang parmi les producteurs), sont sans doute, par instinct, secrètement favorables à leur confrère qui met le pied dans l'arène. Ne sont-ils pas fatigués de tant de pièces à tiroirs, rebutés par la monotonie de ce métier dont il leur faut analyser les produits, excédés de tant de spectacles que l'on va voir et où l'on n'écoute pas, désabusés de ces ouvrages que chacun veut connaître, que personne ne reverra, et dont la valeur se perd entre la rampe et l'imprimerie? Un écrivain vierge de toute élucubration dramatique est donc pour tous une diversion, une occasion rare de développer certaines idées longtemps retenues. On court l'entendre avec intérêt, se berçant du riant dessein d'opposer une bonne fois aux *faiseurs ordinaires*, l'éclat d'un succès enlevé sans eux, et contre eux au besoin.

Mais ce que les critiques ne soupçonnent pas, c'est qu'à force de voir, de revoir et de disséquer sous plusieurs titres, les sept combinaisons et leurs sous-variétés, ils se sont accoutumés à cette ordonnance, à cette façon de *filer* les scènes, de préparer des entrées, ou de ménager des quiproquos. A leurs yeux, ce genre de mérite est insuffisant; mais il est devenu indispensable, et l'on a si souvent reçu des dramaturges de profession, cette leçon pratique des procédés matériels, que les critiques les mieux intentionnés en sont arrivés à leur insu, à une grande exigence.

Alors, s'il survient une sortie mal justifiée, une négligence de détail, un coin mal éclairé, un accident causé par l'inexpérience, ou une capricieuse fantaisie qui échappe à la routine, l'observateur dépisté se décourage, se sent choqué par l'imperfection de la forme, et, si épris qu'il soit d'indépendance et d'innovation, il reçoit une impression défavorable d'une pièce qui déroge à l'usage érigé en précepte.

Cependant, ces défauts apparents ne proviennent pas toujours de la maladresse ou de l'ignorance du littérateur. Parfois il a, sciemment, fait des sacrifices jugés nécessaires : qu'il ait entrepris de mettre en scène des caractères analysés à fond, une peinture de mœurs, ou un drame philosophique, n'a-t-il pas dû opter entre des éléments distincts et renoncer à certains effets exigeant des préparations qui auraient pris trop d'espace ?

Essayons d'éclairer notre pensée à l'aide d'un exemple.

Deux acteurs sont en scène, dans une situation tendue : on court un grand péril, mais on attend Paul qui va tout réparer. Si Piétro survenait, tout serait perdu : par bonheur, il est à cent lieues, et Paul prévenu à temps ne peut manquer d'arriver. On respire à peine; l'heure presse... une voiture roule dans la coulisse : — Dieu soit loué ! voici Paul... La porte s'ouvre... et c'est Piétro qui paraît. Stupeur, vive curiosité, complication, tableau.

Ainsi procédera toute pièce bien intriguée; l'effet est sûr, on l'a éprouvé dix mille fois ; il n'a jamais manqué. Il est d'un imprévu... si bien prévu que chacun s'y attend.

Mais pour rendre plus saisissante la déception causée par l'absence inopinée de Paul, il a fallu expliquer comme quoi Paul ne pouvait manquer d'arriver à temps. Pour que l'entrée si fatale de Piétro donne lieu à un coup de théâtre, il a été indispensable de bien montrer tout le danger de sa présence, et de persuader aux spectateurs qu'il était à cent lieues.

Ce n'est pas tout : à l'acte suivant, il faudra expliquer de rechef pourquoi Paul n'a pas pu venir, et comment Piétro est entré sans être attendu.

Ces développements sont rationnels ; mais ils absorbent une place si énorme, que le drame, chef-d'œuvre d'habileté, doit être livré tout entier aux situations, aux péripéties, et réduit à ne présenter aux yeux qu'une rapide série d'aventures ; pareil à une pantomime confuse, complétée avec des lambeaux de phrases.

Dès lors, prétendez-vous à développer un caractère? — Longueur. Avez-vous laissé fleurir çà et là quelques pensées, quelques images poétiques ? — Longueur. Oseriez vous analyser des sentiments ou des thèses de morale ? — Longueur, longueur!

A la vérité ces longueurs là veulent du style, du goût, de l'observation, en un mot des qualités littéraires... de là ce préjugé des *faiseurs* : les romanciers, les écrivains, les poëtes sont dépourvus de toute aptitude dramatique.

Nos confrères ne me démentiront point : chaque fois qu'ils sont dévoués à la tâche ardue d'analyser la pièce d'un dramaturge de profession, ils ne manquent pas de signaler l'inanité du style, l'absence de valeur littéraire, et de manifester un juste regret du silence des écrivains sérieux, ainsi que de leur peu d'empressement à escalader la rampe.

Mais par une contradiction funeste, dès qu'un poëte ou un romancier s'enhardit jusqu'à suivre ces conseils, quand il se présente, étranger aux combinaisons à la mode, et ayant plus étudié le théâtre sous l'impression des maîtres, que dans les foyers ou les cafés du boulevard, à l'instant quelques écrivains, imprégnés à leur insu de la bourgeoise tradition contre laquelle ils s'insurgeaient la veille, et offusqués à l'aspect d'une pièce issue d'une forme inusitée pour eux, tombent de bonne foi sur le malencontreux confrère, et l'immolent. A qui? à ces mêmes faiseurs, à ces inépuisables fabricants dramatiques, seuls en possession de ces qualités d'arrangement, de cette expérience, de cette habileté, de ces *ficelles* précieuses, que l'on proclame indispensables, et qu'un auteur, ne saurait, dit-on, posséder, à moins d'avoir écrit dix ouvrages, et trébuché quinze ans sur les planches.

Le résultat de ces arrêts est de décider le débutant à ne pas affronter une seconde épreuve, sans l'assistance d'un pilote qui l'éloigne sagement des passages non frayés, des terres inconnues, et des pays à découvertes.

Quoi de plus favorable que ces préjugés, érigés en corps de doctrine, à ce commerce d'horlogerie littéraire où chacun vient apporter son rouage! Quoi de plus désastreux pour l'écrivain qui tentera d'écrire son drame *lui-même*, et tout seul!

Cette prétention, hélas! égarera toujours les gens de lettres qui ont acquis dans d'autres travaux et à la suite d'études solides une certaine conscience d'eux-mêmes, ou des principes arrêtés. Ils s'exposeront tous à des mécomptes auxquels pas un n'échappera.

L'exemple des esprits les plus éminents, les plus originaux de notre temps, qui tour à tour ont montré à leurs dépens l'art libre et capricieux sacrifié aux exigences théâtrales, ne doit-il pas suffire, sinon pour intimider, du moins pour inquiéter ceux qui oseraient marcher sur leurs traces, et pour les prévenir du sort qui les attend? On se souvient encore des tempêtes qui ont fait sombrer, ou qui tout au moins ont compromis les premières pièces de Balzac, de Frédéric Soulié, de Chateaubriand même; ainsi que de MM. Alfred de Musset, Gozlan, de Lamartine, Jules Sandeau, Théophile Gautier, Arsène Houssaye et Georges Sand.

Aussi, la séparation entre l'élément littéraire qui constitue un succès sérieux, et l'élément spéculatif qui suffit à la vogue, devient-elle plus tranchée de jour en jour; il est aisé d'en donner la preuve. On citerait un grand nombre de pièces fort courues aux représentations, et qui ne soutiennent pas la lecture; on signalerait quantité d'ouvrages contestés à la scène, et très-goûtés par les lecteurs. Que de fois chacun de nous n'a-t-il pas entendu les gens s'écrier : — J'ai voulu lire ce drame, et n'ai pu aller jusqu'au bout : comment s'expliquer un pareil succès ? Ou bien : — Cette pièce a médiocrement réussi, je l'ai lue ; elle m'a paru digne d'un meilleur sort.

Le mieux, assurément, serait de réunir l'un et l'autre mérite ; mais ne serait-il pas juste de tenir compte à un auteur de celui des deux qu'il possède ; de faire valoir, le style chez l'un, chez l'autre la finesse des aperçus, la vérité des observations ou des caractères, d'expliquer enfin, par où l'on pèche, et par où l'on est digne d'éloges, au lieu de tout sacrifier à l'habileté scénique, au côté extérieur du spectacle, à ce qui ne pénètre pas jusqu'à l'esprit.

Longtemps avant de songer au théâtre, j'avais été frappé des entraves que rencontrent en pareille circonstance les littérateurs : néanmoins, bien qu'à mon tour, j'aie obtenu les honneurs de la discussion, je n'ai pas la présomption de m'assimiler aux illustres compagnons d'infortune qui ont avant moi reçu le même baptême en franchissant la ligne du théâtre.

Mes observations, je les adresse naïvement à mes confrères de la critique, mes amis pour la plupart, sans récuser mes juges, et en leur tenant compte de la bienveillance qu'il m'ont témoignée, même en attaquant ma comédie.

Seulement, je pense, et je ne saurais trop le répéter, qu'il est salutaire de ne pas trop accorder à l'usage commun, et de se défier un peu de l'expérience, cette timide conseillère, dont la leçon perpétuelle est celle-ci : — Procède comme ton voisin, copie ton devancier, et fais prendre la file à ton inspiration.

Ce qui m'affermit dans ces opinions, c'est, je l'avoue, l'épreuve que j'ai subie. Mon intention avait été d'écrire une pièce conçue sur un plan différent de celui que tant d'autres combineront toujours mieux que moi. J'avais donc cherché un cadre proportionné aux idées que je tentais de mettre en action.

Mais, loin de saisir et de présenter cette intention, l'on a fait briller à mes yeux la pièce de facture, l'écorché dramatique, et l'on m'a dit : — Voilà comment cette machine doit être construite ; c'est donc là de toute nécessité ce que vous avez voulu faire : eh bien, vous avez échoué.

La démonstration était facile : le souffleur, l'entrepreneur des succès, l'allumeur, les ouvreuses de loges, auraient, quant au fond, et au mérite près de la forme, professé cette doctrine hardiment et sans trébucher.

N'auraient-ils pas eu pleinement raison, si méconnaissant l'incontestable et inaccessible supériorité du maître si expérimenté, si ingénieux, je dirais presque trop habile, qui règne sur le théâtre aujourd'hui, j'avais eu la folle outrecuidance de m'aventurer tout seul dans le domaine si bien gardé de MM. Scribe et Bayard, Scribe et Dupin, Scribe et Clairville, Scribe et Théaulon, Scribe et Saint-Georges, Scribe et Dennery, Scribe et Dumanoir, Scribe et Mélesville, Scribe et Legouvé, Scribe et... tant de monde?

Trop faible pour soutenir la lutte sur ce terrain, j'ai dû en chercher un autre, dans la crainte de donner prise à des comparaisons au péril desquelles je tenais à me soustraire. Il y a plus d'humilité véritable que d'ambition, au fond de certaines tendances d'indépendance ou d'originalité.

Cet aveu me met plus à l'aise, et me permet d'expliquer avec moins d'embarras ce que j'ai tenté en écrivant *Stella*. Plus familiarisé aux habitudes du conteur, qu'à celles du théâtre, j'ai essayé comme bien d'autres, d'appliquer à la comédie les procédés d'analyse qui président à la composition des romans de mœurs. Cette assimilation a réussi plus d'une fois, et un débutant qui a beaucoup écrit aura volontiers recours à une forme qui se prête à la peinture des caractères, et à la poursuite d'une pensée plus ou moins philosophique.

D'ailleurs, le sujet de *Stella* est puisé dans la société actuelle et l'action a pour interprètes des gens mêlés à la vie commune; ainsi, la première condition était d'être vrai, ce qui justifie la simplicité des moyens.

Comme j'ai cru m'apercevoir, en parcourant quelques-unes des analyses consacrées à l'ouvrage, que certains points ont paru obscurs, et ont donné lieu à des méprises, dont, à vrai dire, l'auteur est en partie responsable, il ne sera pas inutile de résumer ici, dans une esquisse rapide, non le drame entier, mais la donnée qui lui a servi de canevas.

Le baron de Kœrner a, dans sa jeunesse, troublé la paix d'un ménage : la complice de sa faute est morte dans l'isolement et les remords; et l'enfant que le séducteur ne peut avouer ni reconnaître, ayant appris le secret de sa naissance, est obligée de fuir une maison, à l'héritage de laquelle l'honneur lui interdit de prendre part.

La voilà livrée aux hasards de la vie. Mais le baron, son père véritable, veille sur elle : le souvenir de la femme qu'il a perdue, le poursuit encore, il ne s'est pas marié; et du jour où il a retrouvé sa fille, il s'est imposé le devoir d'une réparation, la tâche difficile de lui rendre un rang, une famille, une destinée brillante et honorable.

Stella a vécu seule, en dehors du monde; elle travaille, et le travail relègue une femme dans une situation d'infériorité; cantatrice célèbre, elle est en butte aux préjugés : patronée par le baron de Kœrner qui ne peut invoquer les droits paternels, elle se voit exposée à des soupçons flétrissants.

Ainsi, les projets mêmes du baron, ses efforts pour le bonheur de Stella concourent à la perdre, les remords s'accumulent sur lui, l'expiation le poursuivra jusqu'à la fin de sa carrière, la femme qu'il a flétrie revit dans sa fille, et le malheureux père assistera sans merci ni trêve, jusqu'à son dernier jour, et sans pouvoir rien réparer, au spectacle poignant des conséquences de sa faute.

Plus Stella est digne d'estime et d'admiration, plus l'exemple est terrible. Son éducation est parfaite, sa distinction rare, son esprit élevé, son cœur pur et généreux; mais en vain s'efforce-t-elle de retrouver une position dans le monde, dans ce monde dont elle s'est isolée pour obéir à la voix de l'honneur; elle éprouvera que la réputation d'une jeune fille ne peut se passer de la protection et de la responsabilité de la famille.

Elle a donné son cœur au comte de Valançay, qui était pauvre et qui, au moment de l'épouser, hésite à accepter la fortune des mains d'une chanteuse. Puis, comme Stella veut rester sage, ils se sont séparés.

Parvenu à l'âge où l'on calcule avec clairvoyance, où la raison et le cœur entrent en lutte, Valançay, enrichi par une succession, a ébauché un mariage plus convenable à ses vues, et qu'un nouveau revers de fortune fait échouer. Il retrouve tout ensemble, et sa misère et Stella, Stella dont le baron de Kœrner s'efforce alors d'assurer l'avenir, au moyen d'une dot, qui remise au dépositaire infidèle des biens du comte, passera, de la part du banqueroutier, pour une restitution.

Ayant recouvré son indépendance, et bien loin de soupçonner à qui il en est redevable, Valançay retrouve ses scrupules et son indécision. Stella passe pour être la maîtresse du baron; le monde le croit: épouser une femme compromise à ce point, n'est-ce pas se dégrader? Puis, quand le comte énumère les orages, les humiliations, les jalousies que cet amour a amoncelés sur sa vie, il se prend de lassitude; sa pensée se retrace le tableau paisible du bonheur qu'il aurait rencontré sans peine, dans une autre union à laquelle il n'a pas renoncé sans regret.

Le hasard lui ramène son ancienne fiancée; il ne peut la revoir sans émotion, un combat s'élève entre deux sentiments si divers, l'idéal pâlit devant la puissance de la réalité : en vain le baron multiplie-t-il ses efforts, en vain Stella retrouve-t-elle dans sa rivale une sœur, et dans la société une famille: la famille est devenue pour elle, non plus un appui, mais un juge. Aussi, le comte recule-t-il jusqu'au dernier moment, et Stella qui devine enfin le secret de ces combats, renonce à son rêve, se sacrifie à sa sœur, et s'enfuit souriante et désespérée.

Je me serais abstenu de ce résumé, si un journal, dans un article bienveillant, du reste, écrit avec un rare talent et où la critique est adoucie par les marques d'estime les plus précieuses, ne m'avait accusé de sacrifier la famille, et d'immoler la société à une aventurière... Si jamais on a prêché une morale radicalement opposée, il me semble que c'est ici, et que le rôle entier du baron de Kœrner est un plaidoyer dans le sens des lois sociales et des vertus domestiques. Pour ce qui est de *l'aventurière*, est-il bien utile d'observer qu'en dépit de l'austérité de ses mœurs, et de la noblesse de ses sentiments, elle se voit sacrifiée parce que l'appui de la famille lui fait défaut?

On a été diversement frappé par le rôle du banqueroutier qui sert de cheville ouvrière au drame, dont il occasionne les péripéties.

Le sieur Boutron du Vallon, fripon du bel air, coquin qui se respecte et exige des égards, acrobate qui voltige avec une spécieuse argumentation entre les lacunes des lois, gredin digne et paterne, n'ayant de comique que sa gravité, filou qui défend son honneur l'épée à la main, et qui exploite avec prud'hommie le bénéfice des concordats, Boutrou a paru à quelques-uns une figure invraisemblable, parce que le personnage ne serait point accepté dans le monde... Respect à toutes les illusions : ce n'est là qu'une appréciation discutable, au sujet de laquelle j'en réfère à la conscience publique avec une assez complète sécurité.

D'autres critiques, plus désenchantés probablement, ont daigné dire, à propos de ce caractère, « qu'il fera souche et laissera un nom comme Turcaret. » Leur bienveillance a été au delà de mes ambitions.

On le comprendra sans peine ; ce drame comporte trop de nuances, il rend nécessaires trop de développements d'analyse, pour se prêter aux artifices du procédé en usage dans les comédies d'intrigue, où les scènes sont escamotées au profit des situations, où les situations mêmes ne saisissent le spectateur, qu'à la condition d'être courtes et brusquées. Ici tout doit être éclairci, tout doit être justifié ; l'acteur non-seulement est tenu d'agir, il faut encore qu'il déroule ses pensées, et qu'il subisse, non plus le contre-coup des incidents fortuits, mais les conséquences de son caractère et de sa position particulière en face du monde et de sa conscience.

Les ouvrages de ce genre ne sauraient être suffisamment écoutés avec les yeux, ils exigent une attention continue qui risque de les faire paraître froids à une première audition, et c'est ce que l'on a vu à la première représentation de *Stella*. Gênée dans sa marche par quelques longueurs, par deux ou trois maladresses vraiment choquantes, disparues le lendemain, et par un accident grave survenu au dernier acte, *Stella* qui d'ailleurs avait été favorablement écoutée, s'est relevée aux représentations suivantes, et le public l'a accueillie avec sympathie. Les analyses des journaux, bienveillantes ou non, avaient été en somme, plus favorables que nuisibles, à une pièce qui plaît mieux quand le sujet est connu d'avance.

De toute évidence, le défaut principal de l'ouvrage est là. Le drame n'est point assez préparé, et le spectateur, à l'arrivée des principaux personnages, est insuffisamment édifié sur le rôle qui leur est dévolu et sur leur situation réelle. C'est là un vice de composition où le dramaturge inhabile a été entraîné par les habitudes du romancier.

Et la preuve, c'est que cet inconvénient a passé inaperçu

aux répétitions où chacun connaissait le dénouement dès la première scène, et qu'il n'a frappé personne lors de la lecture au comité, où la pièce a été reçue à la presque unanimité, sans discussion. Je ne signalerai qu'en passant, parmi les causes possibles de confusion ou d'incertitude, la coupure tardive d'un cinquième acte tout entier, lors des dernières répétitions. Ces sortes de sacrifices accélèrent à coup sûr un dénouement ; mais ils n'ajoutent rien à la clarté.

En général, rien n'est plus difficile à jouer que les pièces *d'ensemble* où le concours de plusieurs talents de premier ordre est indispensable. A cet égard, l'auteur a été favorisé au delà de ses espérances, et s'il a rencontré des obstacles imprévus, sur lesquels il compte bien revenir dans un moment plus opportun, il n'a que des éloges et des remercîments à adresser à ses habiles interprètes.

Artiste si profond, si original dans la composition de ses personnages, M. Geffroy a rendu avec une rare supériorité, la physionomie froide, amère et railleuse du baron de Kœrner ; masque d'étiquette et d'emprunt, sous lequel on voit percer la sensibilité d'un homme qui a longtemps souffert.

Le talent si varié, si vrai, si incisif et si pur de M. Provost a donné au caractère de Boutrou du Vallon un relief surprenant, une originalité d'autant plus admirable qu'elle prenait son élément dans la nature. Ce rôle est une des créations remarquables de cet excellent comédien qui s'assimile si intimement un type, de l'ensemble au détail.

De tous les personnages de la pièce, le plus difficile à mettre en scène, c'était le comte de Valancay ; amoureux sans illusions, qui calcule, qui oscille entre deux partis, entre deux femmes, et dont les sentiments subissent les impressions de la bonne ou de la mauvaise fortune. Las de vivre, las de combattre, fatigué même d'aimer, il aspire à la sécurité qui accompagne le bien être. Enfin, il a atteint l'heure où la jeunesse de l'âme expire et cède le pas à la froide maturité.

Périlleux à plus d'un titre, ce rôle, d'une réalité presque trop crue, a été abordé avec franchise par M. Maillart qui l'a imposé en quelque sorte, à force de naturel et de vérité.

Il est dangereux de présenter un amoureux peu sympathique ; de plus un homme irrésolu, sans principes solides, sans idées arrêtées, est un type que la nature fournit; mais, au théâtre, l'exhibition de ce caractère compromet l'auteur. On lui objectera que son héros n'est pas aimable (un amant doit être un héros); on ajoutera : — faible, indécis, son caractère manque de relief, de franchise de fermeté...

De sorte que l'irrésolution qu'on a voulu peindre, est attribuée à la mollesse de l'écrivain, et que la sincérité du portrait passe pour une bévue de l'auteur.

Dans *Stella*, le caractère de Valancay n'a pas été compris assez tôt ; peut-être aurait-il gagné à être en quelque sorte annoncé, ou tout au moins vivement éclairé dès l'apparition du personnage. On s'est efforcé tardivement de combler cette lacune que M. Maillart a su masquer avec adresse. Il a été dignement soutenu dans ses efforts par mademoiselle Madeleine Brohan.

Le rôle de *Stella* semble tracé à son intention : pour interpréter une âme de jeune fille impressionnable et douce, réservée sans pruderie, et fière au fond de l'âme, avec une apparence modestement enjouée, mademoiselle Brohan n'a qu'à suivre la pente de son naturel. Cette alliance intime de l'actrice avec le rôle a promptement acquis à *Stella* les sympathies de l'auditoire. Simple et vraie toujours, énergique et touchante en plusieurs situations, mademoiselle Madeleine Brohan a obtenu un succès d'autant plus légitime, qu'il a eu pour mobile le talent de l'artiste, plus encore que les attraits de sa jeunesse, de son élégance et de sa beauté.

Naïve et rieuse, toute animée d'étourderie enfantine, et coquette avec bonhomie, mademoiselle, Fix dans le personnage de Delphine, a paré *Stella* des grâces du contraste. Il est difficile de saisir plus franchement l'esprit d'un rôle que ne l'a fait cette charmante actrice.

Il ne m'est permis d'oublier personne, à propos d'un ouvrage où les plus modestes emplois ont été acceptés par des acteurs habitués à triompher dans des rôles importants : désintéressement coutumier parmi les comédiens du Théâtre Français, la première scène littéraire de ce siècle, comme des deux siècles derniers. Du reste, les talents vraiment supérieurs sont assez sûrs d'eux-mêmes pour ne point reculer devant un rôle peu saillant, si léger qu'il soit. C'est ainsi que dans *Stella*, M. L. Monrose a rendu très-comique un personnage de second plan ; que madame Moreau Sainti, dans une courte scène, a su animer un rôle bien inférieur à son talent, de toute la distinction de sa personne et de son esprit; et que mademoiselle Bonval a joué avec succès un personnage trop âgé pour elle; genre d'invraisemblance, dont le public ne se formalisera jamais.

Il ne me reste qu'à appeler l'indulgence des lecteurs sur cette longue introduction.

Elle déroge à la réserve ordinaire d'un auteur qui jusque là, retenu par le sentiment de son peu d'importance, n'avait point cédé à la tentation d'expliquer ni de défendre ses travaux.

Mes confrères de la presse, exposés à se risquer un jour ou l'autre sur le sol mouvant du théâtre, me pardonneront aisément d'avoir plaidé la circonstance atténuante, en faveur des littérateurs qui ont tenté ou qui subiront, eux-mêmes, et sans parrains, cette épreuve difficile.

Pouvais-je, d'ailleurs, laisser passer avec une apparente indifférence les appréciations de tant d'écrivains distingués qui ont accordé à mon œuvre les honneurs d'un examen détaillé? Non, vraiment: ils accepteront ma réponse et ces éclaircissements, comme une marque de ma déférence et du prix que j'attache à leurs suffrages.

Je sais aussi que les pièces auxquelles on consent à attribuer, sinon une valeur, du moins une intention littéraire formelle, sont l'objet d'une critique plus ferme, plus grave, moins indulgente, et je pense que l'auteur doit être glorieux de cette distinction. Car lorsqu'il ne s'agit que d'un ouvrage sans racines et sans portée, à soutenir de réclames, dans le charitable but de commanditer une administration nécessiteuse, les journaux lui accordent sans trop s'émouvoir, cette prime d'encouragement.

Je remercie donc mes confrères de m'avoir élevé à la dignité de la critique sérieuse, et j'accepte avec reconnaissance toute appréciation grave et loyale.

Est-ce à dire que cette mansuétude procède d'un naturel insouciant, ou d'un esprit enclin à la flatterie?

Il me sera facile de prouver qu'il n'en est rien, en blâmant sans scrupule une fâcheuse insinuation qui s'est glissée dans un journal, à mon occasion, et non contre moi; mais contre les débutants futurs, contre les auteurs qu'elle atteint tous dans leur avenir. La fermeté de ma réplique justifiera mieux que tout le reste, du sentiment de confraternité qui m'anime.

Dans un article dont l'auteur conclut, à propos de ma pièce, à la négation absolue, — c'est son droit, et je ne le conteste point; — il déplore la *honteuse* indulgence de la Comédie Française, qui faiblissant devant ses devoirs (et qui considérant sans doute le soin de ses intérêts avec le plus souverain mépris) accepte de certains ouvrages, dans le but *criminel* et *malveillant* de compromettre les auteurs... (Je traduis le sens complet de la phrase, dont le texte n'est plus sous mes yeux.)

Certes, les comités de lecture n'ont jamais passé pour pêcher par excès d'indulgence : ils procèdent aux réceptions avec tant de réserve, que souvent on les a accusés d'avoir repoussé des pièces, qui depuis, avaient porté ailleurs d'éclatants succès.

Les abords du théâtre ne sont-ils donc point assez escarpés, et les auteurs nouveaux n'ont-ils pas déjà, pour se faire jour, trop d'obstacles à vaincre! Comment concevoir que l'on provoque contre eux, que l'on justifie d'avance un surcroît de rigueurs; et qu'un publiciste, au temps où nous sommes, conspire à resserrer encore les lignes d'une douane intellectuelle quelconque!...

A une époque voisine encore, et déjà lointaine, où l'art excitait des passions plus généreuses, j'ai eu l'honneur de combattre dans les rangs de la critique, au milieu d'un groupe d'écrivains qui, pour la plupart, m'ont devancé. Nous étions indépendants, jeunes, et la modération ne nous fut jamais reprochée.

Eh bien, j'invoque leurs souvenirs : avons-nous une seule fois appelé, sur la génération qui nous suivait de si près, les prohibitions des juges officiels ou des censures constituées?

Non : loin de river des chaînes ou de dresser des barrières, nous tenions à honneur de dégager les accès du chemin ; et, pour nos confrères, comme pour nous-mêmes, nous ne demandions que de l'air, du soleil, et la liberté.

Octobre 1852.

PERSONNAGES.

Le comte PHILIPPE DE VALANÇAY...	MM.	MAILLART.
Le baron DE KOERNER, *diplomate*.....		GEFFROY.
M. BOUTROU DU VALLON, *agent d'affaires.*		PROVOST.
M. DE BOUILLEY....................		L. MONROSE.
STELLA...........................	Mmes	MADELEINE BROHAN.
DELPHINE TORINY..................		D. FIX.
Mme TORINY, tante de DELPHINE.......		BONVAL.
Mme D'ERLACH, tante de VALANÇAY....		MOREAU-SAINTI.
LA DOUAIRIÈRE D'ALBY..		MIRECOUR.
UNE SERVANTE.....................		DELISLE.

Gens du monde, Amis, Invités, Danseurs, etc.

STELLA

ACTE PREMIER.

Le théâtre représente l'entrée du parc d'une maison de campagne aux environs de Paris. — A droite, un corps de logis. — Au fond, et un peu à droite, une grille. — A gauche, un pavillon de verdure avec une table et des papiers. — Devant le perron, bancs rustiques, caisses de lauriers, d'orangers, etc.

SCÈNE PREMIÈRE.

VALANÇAY, DELPHINE.

VALANÇAY.

Enfin je touche au port! bientôt ces courses continuelles de Paris à la campagne auront leur terme, et je n'aurai plus, chère Delphine, la tristesse de vous dire adieu tous les soirs.

DELPHINE.

Me reverrez-vous avec autant de plaisir tous les matins? Vous m'avez rendue exigeante, et j'ai formé des projets... D'abord, nous ne voyagerons pas; vous me l'avez promis.

VALANÇAY.

Bien malgré moi. Si vous pouviez comprendre le charme des voyages! N'avoir qu'une pensée à deux, se faire chaque jour, à travers le monde, des solitudes nouvelles, glaner des fleurs de poésie qui laisseront dans le souvenir un éternel parfum...

DELPHINE.

Toute cette rhétorique ne me persuadera pas. Je sais que la mode du jour est d'échapper par la fuite aux commentaires des oisifs sur des unions disproportionnées, ou combinées par l'intérêt :—Madame est étrangère à Monsieur; Monsieur n'est pas fier de sa conquête, et comme, pour endurer avec grâce un sort si doux, il faut bien quelqu'habitude, on va s'exercer loin des regards, sur les grandes routes. La belle occupation pour des époux de la veille, que de commander des relais, de courir la poste, de faire, de défaire des malles, de donner à viser des passeports, et de consumer ses jours à passer de l'auberge du *Cheval blanc* à l'hôtel du *Lion d'or!*

VALANÇAY.

Vous réduisez tout à la prose... Il m'eût semblé si doux d'assister à vos premières impressions! Revoir avec vous, près de vous, les solitudes des Alpes, l'Italie et ses merveilles...

DELPHINE.

J'entends : ne parler que de cathédrales, de glaciers, de lacs bleus, s'approvisionner de sujets d'entretiens; se distraire.... ce n'est pas là mon compte, et je vous interdis les distractions, Monsieur. Laissons aussi toute cette poésie descriptive dont vous raffolez, et qui nous empêcherait de causer à notre aise.

VALANÇAY.

Vous avez beaucoup d'esprit; mais quand on s'aime...

DELPHINE.

A-t-on besoin pour être heureux d'appeler l'univers à son aide? Ma franchise est un peu rude; penser et dire, c'est pour moi tout un : vos imaginations me rendent défiante; car mes théories, très-élémentaires en matière de sentiment, se résument en trois mots : une chaumière et... et... Eh bien! si la chaumière vous paraît trop étroite, je croirai que le reste ne vous suffit pas.

VALANÇAY.

Vous pourriez supposer...

DELPHINE.

Déjà cet entretien vous pèse et mes idées vous blessent. Vous voilà rêveur, presque désenchanté. A quoi, ou... à qui pensez-vous?

VALANÇAY.

Vous vous faites un plaisir de me tourmenter. N'ai-je pas consenti?...

DELPHINE.

Ce n'est pas répondre. Ma gaîté est quelquefois grave, bien que ma tante, qui me tient lieu de mère et qui est beaucoup trop jeune pour son emploi, me fasse passer pour évaporée. Vous le savez, les affections de la famille m'ont abandonnée de bonne heure : toute enfant j'ai perdu ma mère ; mon père l'a suivie de près. Une sœur me restait ; mais un jour, hélas, elle a disparu...

VALANÇAY.

Je vous tiendrai lieu de tout.

DELPHINE.

On dit que le mariage est une loterie ; pour moi qui suis presque seule au monde, et qui n'ai jamais poursuivi de quaternes, un tel engagement n'est point un jeu. Monsieur de Valançay, êtes-vous bien sûr de m'aimer, de n'aimer que moi ?

VALANÇAY.

Je vous sais gré d'une question qui m'autorise à vous tracer toute la vivacité d'un sentiment...

DELPHINE.

De la galanterie imperturbablement correcte, quand je suis vraiment troublée ! S'il en faut croire les gens, votre passé ne garantit pas l'avenir... Ne m'interrompez pas, je suis en veine de courage ! Une amie dévouée m'a parlé d'une personne... qui vous fut chère, d'une femme brillante, poétique, irrésistible ; on ne l'a pas nommée, mais on l'a dépeinte en traits si séduisants, que je redoute à la fois et la comparaison et les souvenirs.

VALANÇAY.

Soyez sincère : vous êtes plus curieuse qu'alarmée, et l'aveu que vous attendez marque une confiance digne de retour. Jusqu'ici je ne vous ai guère entretenu de ma vie passée qui s'est écoulée dans une certaine agitation. Ma première compagne, oh ! n'en soyez pas jalouse ! ce fut la pauvreté. Pour la fuir j'ai fait des efforts prodigieux, et cette ennemie acharnée ne m'a laissé que peu de répit, jusqu'à l'heure où l'aisance m'est apparue, grâce à un tardif héritage. J'ai essayé de tout ; la misère était plus constante que moi. Aussi, rien ne me coûterait pour en prévenir le retour. J'ai donc passé de la gêne à la médiocrité, du travail à l'oisiveté, de l'orage au repos. Si bien que, me voici jeune encore, et déjà fatigué de combattre.

DELPHINE.

C'est singulier ! je voudrais avoir traversé de telles épreuves ; elles fortifient.

VALANÇAY.

Quand elles n'énervent pas. C'est au milieu de ces agitations, qu'un moment j'avais rêvé un bonheur chimérique : la destinée me jeta sur les pas d'une jeune fille... qui ne ressemble à aucune autre. La conformité de nos existences fut un lien que la vanité resserra d'abord ; mais cette inclination, en réalité, n'offrait que déboires et périls; l'impossible se mit entre nous, la raison me fit reculer, la réflexion me rendit à la liberté : (*Il soupire.*) je vous vis ensuite, Delphine, et mon cœur se reconnut.

DELPHINE, *pensive.*

Elle était belle ?

VALANÇAY.

Elle est... très-belle.

DELPHINE.

Et... elle vous aimait ?

VALANÇAY.

Peut-être.

DELPHINE.

Qu'est-elle devenue ?

VALANÇAY.

Je l'ignore : c'est un oiseau de passage; un instant fixée elle a repris son vol.

DELPHINE, *à part.*

Pourquoi faut-il qu'il soit toujours poëte ?.. J'étais plus tranquille avant d'être rassurée.

SCÈNE II.

LES PRÉCÉDENTS, Mme TORINY, PUIS UNE SERVANTE.

Mme TORINY, *entrant avec vivacité.*

Je me fais attendre, n'est-ce pas ?

VALANÇAY, *s'inclinant.*

Mais...

Mme TORINY.

Je conçois; vous prendriez patience jusqu'à demain : cette vertu vous passera. Que d'affaires ! tout surveiller, tout diriger, tout mettre en ordre ! c'est un point essentiel que la toilette d'une maison à vendre ou à louer, et comme ce beau temps peut nous attirer des amateurs,... Delphine, es-tu prête ? c'est que la grand'-

messe est sonnée depuis longtemps, et le jour de l'Ascension... le curé nous gronderait. (*A la servante qui s'approche et lui remet un gros paquet.*) Qu'est-ce encore? des lettres? il en pleut. Des journaux?.. Il est bien utile d'en avoir au moins deux si l'on tient à ne rien savoir de ce qui se passe. L'un dit oui, l'autre non : si l'on en lisait trois, il y aurait majorité, et l'on croirait à cent sottises... Et ces lettres? des riens, je le parie. Nos mères recevaient en six mois ce qu'il nous faut déchiffrer en six jours. (*Lisant*) : « Mme de Serbois restera chez elle le mardi 26 mai... » Quelle y reste! (*Elle jette le billet et passe à un autre.*) « Vous êtes invitée à assister au sermon de charité qui sera prêché mardi... Mme la vicomtesse Zingulfe quêtera... » où la réclame va-t-elle se nicher? (*Parcourant et jetant plusieurs billets.*) « Bal au profit des pauvres... Loterie pour les pauvres... Concert pour les sourds-muets » ils sont bien heureux! « Concert en faveur des incendiés... La reine de nos cantatrices de salon, en ce moment à Paris, où elle s'est si rarement arrêtée, a voulu s'associer à cette œuvre de bienfaisance : la charité fera des miracles; l'illustre Stella chantera. »

VALANÇAY, *tressaillant; à part*

Stella...

DELPHINE.

Quel jour?

Mme TORINY.

Le jour même de ton mariage.

DELPHINE.

Allons! il est écrit que je ne l'entendrai jamais.

Mme TORINY.

Achevons d'ouvrir cet important courrier : .. Des annonces de marchandises... « déménagement. » (*Défaisant un dernier billet.*) Ah! Louise de Kermolan est mariée.

DELPHINE, *avec une emphase comique.*

Quel est le fortuné mortel qui devient son époux?

Mme TORINY.

Un homme de rien, sans patrimoine, sans position : ces unions-là finissent mal. N'est-il pas indécent de publier ainsi qu'une jeune fille s'est tellement coiffée d'un freluquet, qu'il faille, pour la satisfaire, outrager toutes les convenances? Quant à moi, je n'aurais jamais prêté la main à une affaire semblable. Mais nous perdons le temps à babiller; la messe, la messe! Il ne te manque rien, Delphine? (*Delphine fait quelques pas.*) Allons, nous prendrons le petit chemin des prés. Monsieur de Valançay, votre bras...

VALANÇAY.

Soyez assez bonnes pour m'excuser; je suis obligé de garder la maison. Un intérêt majeur,.. une lettre que l'on doit m'adresser ici et qui devrait être arrivée...

Mme TORINY.

Elle est donc bien importante?

VALANÇAY.

La plus importante du monde! N'augmentez pas mes regrets, plaignez-moi plutôt de vous perdre un instant.

DELPHINE.

C'est très-mal, Monsieur; un jour de grande fête! le bon Dieu vous punira.

Mme TORINY.

Oh! s'il traitait ces Messieurs selon leurs mérites, on verrait un second déluge. Allez, allez, vous y viendrez à l'église... Eh vite, ma nièce, partons, partons.

(Elles sortent, Valançay les suit des yeux.)

SCÈNE III.

VALANÇAY, SEUL. — *Il s'approche d'une petite table chargée de ce qu'il faut pour écrire.*

Profitons de ce moment pour en finir avec quelques billets longtemps ajournés. Mais rien ne presse : nous voilà seul, prenons haleine. Quand on est heureux il fait bon causer avec soi-même, et jamais plus belle occasion fût-elle offerte au monologue! Une pensée à ce pauvre oncle défunt qui m'a tiré de l'abîme... Diderot a faiblement posé la question : S'il vous suffisait, dit-il, pour devenir très-riche, de lever un doigt, à la condition qu'au fond de la Chine, un mandarin centenaire mourût... Non; le mandarin fût-il très-vieux; non, ce n'est pas cela ! on tue lâchement par le désir, et l'on n'ose rien de plus. Mais, ressusciter le mandarin, à la condition de tout perdre!.. ce mandarin fût-il un parent, un ami, un oncle; fût-il... Ranimer ce que l'on pleure : combien en est-il qui n'aimassent mieux pleurer? Mon vieil oncle,... je l'aimais; moins qu'aujourd'hui, pourtant... Bah! tout est bien! les convenances sont la loi du monde, et le monde a raison. Hier j'étais harcelé de vains projets, aigri contre l'univers, austère à force d'appétit... Et me voici réconcilié, calme, indépendant; jugeant sainement des choses, car la raison est un attribut de l'aisance... Sort inespéré, je rencontre une alliance avantageuse et une femme que j'aime. Nos fortunes sont égales; j'entrevois une position charmante, ma fortune sera honorable, mon ambition s'ouvre une carrière facile. L'estime d'autrui, la sécurité, le repos... le bonheur est là! (*La servante lui remet une lettre et sort.*) Plus de soucis! borner ses vœux, savoir attendre, se conduire comme tout le monde... Qu'il est facile d'être heureux, et que les hommes sont insensés d'accuser le sort! (*Il revient s'asseoir, ouvre la lettre et reste atterré; il la reprend, la relit, se soulève avec peine et redescend la scène, l'œil hagard, l'air désespéré.*) Perdu! ruiné! Réveil affreux! Non! c'est un mauvais rêve... (*Relisant.*) « Votre homme d'affaires, le sieur Boutrou, qui se fait appeler monsieur du Vallon a disparu laissant un passif énorme... On n'a trouvé nulle trace des placements dont il s'était chargé... Les précautions de ce misérable sont si bien prises, que ses livres sont à jour; et sa fuite témoigne seule contre lui... » Que devenir! recommencer ma vie?... le cœur me manque. Travailler? chimère! que de labeurs n'ai-je pas affrontés pour éviter de prendre un état! Ce monde est la plus navrante ironie! Delphine... il faut la perdre; ces amours-là ne couronnent point les malheureux, et la tante s'est trop bien expliquée à cet égard. (*Avec amertume.*) Elle retrouvera un autre placement, un sentiment réglé par les convenances... Ah! j'ai méconnu d'autres amours qui planaient au-dessus de ces misères!.. Ne plus la revoir! il le faut! hâtons-nous; elle va revenir et la honte avec elle... Quelques lignes suffiront pour tracer l'aveu complet de mon désastre, et quand elle les lira, je serai loin d'ici!

(*Il écrit, s'interrompant souvent et profondément absorbé.*)

SCÈNE IV.

VALANÇAY, *à part;* UNE SERVANTE; STELLA, *au fond du théâtre, à la grille de la maison.*

STELLA.

Et la porte du salon s'ouvre sur le jardin?

LA SERVANTE.

En face de la pièce d'eau. On descend quatre marches; ainsi, l'humidité...

STELLA.

Je ne crains pas les rhumes. Le parc est-il enclos de murs?

LA SERVANTE.

Il n'est séparé du bois que par un saut-de-loup. Quant au prix...

STELLA, *distraite.*

Cela m'est égal.

LA SERVANTE.

Si Madame désire visiter... (*Bruit lointain d'une sonnette.*) Pardon, Madame, on sonne à la petite porte de la cour, et comme je suis seule, à cause de la messe...

STELLA.

Allez, Mademoiselle, et ne vous pressez pas; je ne serai pas fâchée de m'égarer seule dans le jardin, je le verrai mieux.

LA SERVANTE.

Madame peut se promener tout à son aise.

STELLA.

Un pays charmant : de beaux arbres, de l'eau, des fleurs... on ne viendra pas me chercher là. (*Prenant un livre oublié sur une caisse d'oranger.*) « Un amour d'autrefois, tome XIX... » Ceux d'aujourd'hui se dénouent plus vite... (*Elle soupire.*) Allons... (*Elle traverse le théâtre et va jusqu'auprès de Valançay, qui a plié sa lettre et mis l'adresse. En l'apercevant, elle s'arrête; il lève les yeux, se redresse brusquement et s'approche étonné*).

VALANÇAY.

Est-il possible!... Stella! c'est vous que je retrouve ici!

STELLA.

Le ciel est témoin que je ne vous cherchais pas! On désire du repos, de la solitude, on vient s'enfouir aux environs de Paris, la patrie de l'oubli... et tout d'abord on vous rencontre.

VALANÇAY, *à part.*

Ce ton dégagé!.. (*Haut.*) Vous y avez trouvé, je le vois, ce que je cherche encore : l'oubli, c'est le bonheur.

STELLA.

Mon Dieu! ces traits bouleversés... Qu'avez-vous?

VALANÇAY.

Des ennuis auxquels je ne dois associer personne.

STELLA.

Quand vous m'avez quittée, votre vie devait suivre une direction nouvelle; vous étiez livré à des combats pénibles... mais en dépit de vos découragements, je m'étais flattée d'être l'unique influence à éloigner pour vous rendre au repos.

VALANÇAY, *à part.*

Pouvais-je étaler ma pauvreté devant elle?.. (*Haut.*) Illusions, projets, espérances, tout s'est écroulé, tout est détruit. Adieu! cette rencontre réveille des souvenirs...

STELLA.

Ne rouvrons donc pas un livre que vous avez scellé.

VALANÇAY.

Pardonnez-moi cette faiblesse, la dernière: laissez à ses maux un insensé qui bientôt aura fini de souffrir. Je comprends à peine et ce que je fais et ce que je dis; vous m'avez surpris dans un instant d'angoisse.

STELLA, *à part.*

Le quitter ainsi! (*Haut.*) Philippe, votre monde où je suis étrangère ne m'a point soumise à la vanité de ses scrupules, et il m'est permis de consoler un ami qui souffre.

VALANÇAY.

Le monde! pourquoi m'en parler? il ne m'est plus rien! Seul comme vous, errant comme vous... Du moins, autrefois nous étions deux! Avant de vous perdre de nouveau, laissez-moi vous regarder encore! (*Pause.*) Le passé revit, le présent s'efface, et je rentre dans le pays abandonné de mes rêves... N'enviez pas à ma nuit ce rayon du soir. Grâce à vous, Stella, j'aurai revu un moment l'ombre du bonheur. Mais quelle mystérieuse et fatale influence vous a conduite ici, sur mes pas, aujourd'hui, maintenant, à l'heure même où...

STELLA.

J'y suis venue par hasard; et vous-même?

VALANÇAY.

Je ne sais plus; une affaire... j'ai écrit quelques mots, et je partais pour ne plus revenir. (*Amèrement.*) Comme vous, je suis libre.

STELLA, *à part.*

Le suis-je encore, quand ses paroles et ses réticences m'effraient! (*Haut.*) Ecoutez-moi, Philippe; ma vie solitaire et inutile peut encore s'offrir à l'amitié. Un instinct m'avertit que je ne dois pas vous quitter de la sorte: vous n'avez plus rien à craindre de moi; si vous ployez sous un fardeau trop lourd, qu'au moins je vous aide à le porter.

VALANÇAY.

Non, Stella, non! je ne mérite point... Vous êtes un ange! mais ce cœur brisé ne se réveillera plus. Ne me tentez pas, n'achevez pas de me désespérer en faisant briller à mes yeux le trésor que j'ai perdu. A votre aspect je sens refleurir je ne sais quelles illusions et, croyez-le bien, c'est un piége...

STELLA.

S'il me plaît d'y tomber, que vous importe! Pensez-vous, pour m'avoir aimée, que nous restions plus étrangers l'un à l'autre que des amis de rencontre liés par le hasard? Gardez cette liberté que vous avez reprise, je n'attends rien de vous. Demain, dans quelques jours, dès que vous serez plus calme, vous prendrez un chemin, moi l'autre, et ce sera bien. Attendez-vous un ami, avez-vous une mère? je céderai la place; mais dans l'état où vous êtes, vous laisser seul!.. Pourquoi voulez-vous me léguer un souci, presqu'un remords?

VALANÇAY.

Il est donc écrit que je serai votre mauvais génie! Tenez, je suis lâche, et déjà je vous résiste mal.

STELLA.

Pourquoi résister? vous avez du chagrin, vous êtes tout seul, je m'offre, en bon camarade, à vous tenir compagnie. (*A part.*) Si pourtant il allait supposer... Hélas! pourquoi faut-il que cette âme, esclave du monde, ne soit pas l'âme d'un poëte?

VALANÇAY.

C'est étrange! le désespoir est sur moi, je plie sous le faix, et vous m'apparaissez, quand tout à l'heure encore, je vous croyais à deux ou trois cents lieues... Le passé se retrace à votre aspect; il me sourit et m'attire... Secours providentiel! Le sort qui me rend à mes chagrins d'autrefois m'apporte à l'heure même la consolation qui me les fit aimer un instant. C'est le ciel qui vous envoie! je le bénis, et je me livre les yeux fermés à votre amitié. Je sors d'un songe, et je sens à mon réveil ma main dans la vôtre... Oui, j'avais rêvé!

STELLA.

Chacun passe ainsi sa vie à rêver... Qu'il se réveille. Vous alliez partir, je crois? eh bien! partons. Ma voiture est à deux pas:

vous rentrez à Paris? Venez, nous causerons en route, et vous me conterez vos ennuis.

VALANÇAY.

Partons! partons! (*A part.*) Ah! que du moins on ne me retrouve plus ici!

STELLA, *à part.*

Que devais-je faire? Il est si malheureux! Le ciel, en me jetant sur sa route, a tracé mon devoir. Et d'ailleurs, si je commets une imprudence, c'est moi (*Elle soupire.*) moi seule... qui en subirai la peine. (*Haut.*) Venez donc, venez, cher Valançay!

(*Ils sortent précipitamment.*)

FIN DU PREMIER ACTE.

ACTE DEUXIÈME.

Un salon dans un hôtel à Bade. — Livres, piano, etc. — Au fond, une grande porte et deux fenêtres donnant sur la terrasse ou le jardin de l'hôtel. — Ces croisées sont masquées par des rideaux.

SCÈNE PREMIÈRE.

VALANÇAY, STELLA, *assise au piano.*

VALANÇAY.

Comment vous obéir si l'on vous aime! Savez-vous d'où vient tout le mal?

STELLA, *gaîment.*

C'est la troisième fois, depuis notre arrivée à Bade, que vous entreprenez mon procès. Mais, suivez votre fantaisie : l'audience est ouverte.

VALANÇAY.

Vous êtes sans préjugés, et vous professez une rigidité de principes...

STELLA.

Tandis que vous, au contraire, cherchant toujours à vous guider sur l'opinion d'autrui, vous ne sacrifiez qu'aux préjugés... Nous nous aimons... sans nous entendre. Ah! si je voulais vous réduire au silence!

VALANÇAY.

Vous donner mon nom, Stella, c'est mon vœu le plus cher, et je maudis des obstacles que la délicatesse rend insurmontables. Mais, presque ruiné, sans état dans le monde...

STELLA.

Le préjugé! Recevoir d'une femme un peu de bien-être, et d'une femme, d'une artiste qui doit tout au travail... Vos scrupules, je les subis avec douleur, sans vous accuser d'égoïsme. Vous êtes craintif, irrésolu : je vous plains, je me soumets, et j'attends.

VALANÇAY.

Toujours attendre! et quoi?

STELLA.

Que sais-je ? vous recouvrerez vos biens, ou vous en aurez d'autres : on retrouvera votre infidèle dépositaire; on le forcera de restituer. Ou bien, vous chercherez dans une carrière cette indépendance dont vous êtes si jaloux. La mienne a-t-elle un autre mobile? Instruit comme vous l'êtes, bien élevé, riche en relations, que ne feriez-vous pas?

VALANÇAY.

Que ne suis-je issu de la classe obscure où le travail a un but lucratif, où la volonté hardie trouve son loyer! Mais, naître dans l'aisance, d'une famille considérée, recevoir l'éducation du riche, et se trouver soudain, à vingt ans, sans fortune, sans appui, propre à parler de tout, incapable de pratiquer, et réduit à la condition de Bohémien du grand monde!.. Je serais receveur général ou banquier, si j'étais assez riche pour gagner des millions; artiste ou écrivain, si comme vous abandonné, j'avais eu la nature pour maître; orateur, magistrat ou diplomate, si j'avais des protections... hors de là rien! L'on m'a vu, au milieu de cette jeunesse qui s'étiole et s'éclipse dans les situations équivoques, vivre on ne sait comment, on ne sait de quoi, tenir un rang, visiter un très-beau monde, protéger même, par des relations pour moi stériles, de pauvres diables qui d'en bas s'élèveront sur ma tête; et rester, prolétaire ganté, vernis, jusqu'à l'épuisement de mon crédit, de ma jeunesse, et de mon dernier habit noir. Ah! la gêne, les fausses positions... labyrinthe où je cherche une issue depuis que j'existe! Vivre dans une situation claire, ostensible, être du monde et s'en railler, tel eût été mon rêve: je suis...

STELLA.

Un bourgeois du Marais; et si je n'aimais en vous jusqu'à cette exagération qui vous rend exclusif et mobile, vos découragements auraient de quoi m'inquiéter. Mais...

VALANÇAY.

Hélas!

STELLA.

Qui vous chagrine encore?

VALANÇAY.

Tout! je suis irrité contre moi-même, et contre vous. Ce logis est un caravansérail où les badauds défilent du matin au soir.

Vous les accueillez si bien! Don fatal de la bienveillance universelle! Chacun sort d'ici, se croyant préféré, et l'idée de n'être pour vous rien de plus que tant de fades adorateurs...

STELLA.

Seriez-vous jaloux?

VALANÇAY.

Je le suis, de tout ce qui paraît vous plaire : moi, je ne vous apporte que de la tristesse. Jaloux du passé, surtout; car le passé, c'est pour moi l'inconnu.

STELLA.

Vous êtes ma première, ma seule affection; en fût-il autrement, je vous le dirais. N'en soyez pas surpris: plus d'une artiste livrée à elle-même, absorbée par des travaux enthousiastes et continuels, a comme moi, croyez-le bien, gardé longtemps son âme de toute faiblesse. Puis, quand l'heure où l'on aime vient à sonner, nos sentiments sont profonds, exempts de cette mélancolie inquiète, fruit amer de l'oisiveté; ils sont sains et robustes, comme l'activité, ils éclairent le cœur, ils le retrempent au lieu de l'énerver. C'est ainsi que je vous chéris, Philippe : autrefois, j'étais paisible; vous êtes venu, et maintenant je suis heureuse.

VALANÇAY, *attendri.*

Dites encore... Ah! je voudrais vous entendre et vous écouter toujours! Quand elle parle j'oublie tout; je m'éprends auprès d'elle d'une folle ardeur pour ma destinée d'aventures! Oui, quand vous êtes là, vos yeux sur mon front, je souris, même à cette pauvreté que votre amour console.

STELLA.

Croyez-moi, cher Philippe, il faut vous occuper; le travail...

VALANÇAY.

Je le hais: car il détourne votre cœur du spectacle de mes peines. Le travail! c'est lui qui absorbe vos pensées, qui ravit votre imagination et vous glisse cette sérénité, cette prudence rigide... (*Se rapprochant, il lui prend la main.*) Ah! que j'aime autrement que vous! Evoquer à l'aide de l'art ou de la poésie un idéal qui ne serait plus Stella, me distraire d'une angoisse devenue l'unique objet de ma vie, concevoir des chimères dont vous seriez absente, regarder derrière vous, dans un abîme que votre présence a masqué... Non, non, Stella! Je n'aurais qu'à y trouver des consolations... Savez-vous qu'elles seraient dérobées à notre amour!

STELLA.

Cher Philippe!

VALANÇAY, *écoutant.*

On vient : vos courtisans m'envient cette heure de tête-à-tête.

STELLA, *se levant avec vivacité.*

Je vais faire défendre...

VALANÇAY.

Il n'est plus temps; d'ailleurs, ne l'avez-vous pas dit : une artiste est obligée de voir beaucoup de monde. Les importuns! je m'esquive par cette porte pour ne pas les rencontrer.

STELLA.

Revenez bientôt...

(Il sort par une porte latérale.)

Boudera-t-il? un quart d'heure peut-être... il voudra savoir si mes visiteurs sont partis.

SCÈNE II.

STELLA, M. DE BOUILLEY, M. BOUTROU DU VALLON.

UN DOMESTIQUE, *annonçant.*

Monsieur de Bouilley, monsieur du Vallon.

BOUILLEY; *jeune fat ridicule, vêtu en bazin blanc, de la tête aux pieds. Chapeau gris, guêtres assorties au pantalon, cravate de fantaisie; un steak à la main. Airs évaporés.*

Vous voyez un coupable, Mademoiselle : trois grands jours sans donner signe de vie! Vous m'en voulez beaucoup, n'est-ce pas? Aussi, pour faire appel à vos indulgences, je vous amène un compatriote, nouveau débarqué; Monsieur du Vallon, l'un de mes meilleurs amis. (*Salutations.*)

BOUTROU.

Depuis longtemps, Mademoiselle, j'aspirais... le bruit de vos talents... et je suis reconnaissant à Bouilley d'avoir secondé mon impatience.

STELLA.

C'est très-aimable à vous. (*A part.*) Quel ennui! (*Haut.*) Messieurs... (*On s'assied.*)

BOUTROU.

Mademoiselle s'occupe de musique, à ce que je vois; charmante distraction!

STELLA, *surprise, à part.*

Le bruit de mes talents... (*Haut.*) C'est mon état, Monsieur.

BOUILLEY.

Il le sait, Mademoiselle.

BOUTROU, *à part.*

Je la croyais dans la peinture.

BOUILLEY.

Du Vallon est un de vos plus fanatiques admirateurs; un autre moi... c'est tout dire.

STELLA.

Monsieur arrive de Paris? dit-on quelques nouvelles?

BOUTROU.

Les affaires y sont précaires : de la stagnation; quelques accidents...

STELLA.

Des accidents?

BOUILLEY.

Financiers... Ce n'est pas sans raison que mon pauvre ami s'en montre touché : il vient de perdre avec stoïcisme une fortune...

BOUTROU.

Plusieurs fortunes... (*D'un ton délibéré.*) Ces culbutes, supérieures à la prudence humaine, mettent la sensibilité à des épreuves!.. vous comprenez, Mademoiselle?

BOUILLEY.

Sa santé s'est altérée; les médecins lui ont prescrit une alimentation rafraîchissante et tonique à la fois, beaucoup de distractions, le régime des eaux. Comme ma nomination de préfet souffre quelques retards... bien malgré le ministre! j'ai accompagné du Vallon en qualité de gouvernante.

BOUTROU.

Tout s'arrangera sans moi; cela vaut mieux, j'aurais fait des sacrifices... irréfléchis. Il est si dur, quand on tient un certain rang, quand on porte un certain nom, que l'on a l'habitude d'un certain monde... quand d'ailleurs on avait eu la chance d'atteindre sans encombre un certain âge...

2

BOUILLEY, *voyant entrer Valançay.*

Eh ! c'est ce cher Valançay !

BOUTROU, *à part.*

Je suis fourvoyé.

SCÈNE III.

LES PRÉCÉDENTS, VALANÇAY. *Ce dernier, entré pendant les derniers mots, examine M. du Vallon avec un intérêt très-vif.*

VALANÇAY, *à part.*

Je ne me trompe pas, c'est lui !

STELLA, *à Valançay.*

Qu'avez-vous ?

VALANÇAY, *à demi-voix.*

C'est lui ! c'est mon banqueroutier ! je le tiens ! Ah ! s'il m'échappe cette fois !

STELLA, *de même.*

Quelle apparence?.. il s'appelle monsieur du Vallon.

VALANÇAY, *de même.*

Plus de doute ! du Vallon... Boutrou du Vallon...

(Il fait un demi-tour, de manière à barrer le chemin de la porte, et s'avance vers son débiteur.)

Monsieur, je...

BOUTROU, *avec une courtoisie empressée.*

Eh ! mais... je ne m'abuse pas : c'est ce cher monsieur de Valançay ! l'heureux hasard ! et combien je bénis la pensée qui m'a conduit ce matin chez Mademoiselle ! Votre santé paraît excellente ; j'en suis ravi. La mienne a subi un rude assaut : on ne soutient pas de si grands revers sans de profondes commotions, et... le système nerveux...

VALANÇAY.

Cela est touchant, en effet. Enfin, vous voilà, monsieur je désespérais de cette rencontre.

BOUTROU.

Et j'en désespérais aussi. Ah ! j'avais besoin de trouver, dans ma position malheureuse, un homme comme vous, intelligent, délical, capable d'apprécier... de sentir...

VALANÇAY, *à part.*

Vous verrez qu'il faudra le consoler.

STELLA, *bas.*

Gardez-vous de le brusquer !

BOUTROU.

Mademoiselle, vous voyez deux victimes rapprochées par une communauté d'infortunes. Le coup qui m'a frappé atteint en monsieur de Valançay un de mes plus honorables clients. Ses pertes sont moindres, mais je n'y suis pas moins sensible. Il me permettra d'en prendre une part, la plus forte.

VALANÇAY.

En me tenant compte de l'autre probablement ?

BOUILLEY.

Eh quoi ! ce cher comte aussi ?.. Quel coup pour votre sensibilité, mon pauvre du Vallon !

BOUTROU.

Merci, mes bons amis, merci ! Mais, Monsieur, je ne puis, je ne dois rien accepter de votre générosité. Parlons de vous : comment vous trouvez-vous du séjour des eaux ? vous a-t-il un peu distrait ?

VALANÇAY.

De grâce, épargnez-moi ce genre de sollicitude, et veuillez me dire sur quoi je dois compter.

BOUTROU.

S'entretenir d'affaires, devant Mademoiselle ? y songez-vous ?

BOUILLEY, *à part.*

Cet excellent du Vallon, un parfait gentilhomme !

STELLA.

Faites, Messieurs, faites comme chez vous.

VALANÇAY.

Mademoiselle sera indulgente : on n'a pas la chance de vous rencontrer tous les jours. Vous avez trahi ma confiance, et abusé...

BOUTROU.

Monsieur !

BOUILLEY, *à part.*

Encore un qui n'entend rien aux affaires !

BOUTROU.

Monsieur, mes affaires seront réglées à ma justification, et bien vous prend de risquer certaines insinuations, en pays étranger. En France, les tribunaux font raison des propos diffamatoires.

VALANÇAY.

Je prouverai...

BOUTROU.

La vie privée est murée. C'est donc lorsqu'un homme est dans la peine, c'est quand il est à terre, que vous l'achevez avec des imputations calomnieuses! Ah, fi! fi! monsieur le comte! je croyais qu'entre gentlemen...

VALANÇAY.

Monsieur Boutrou plaisante, apparemment?

BOUTROU, *avec une dignité froide.*

Prenez-le comme il vous plaira. Je suis tout disposé à vous faire raison de vos prétendus griefs, ou à demander satisfaction des miens, beaucoup plus légitimes.

BOUILLEY, *à part.*

Il fait bien : ces situations-là commandent beaucoup de dignité.

VALANÇAY.

Jamais tant d'impudence!..

BOUILLEY, *d'un ton conciliant.*

Monsieur de Valançay! (*A Boutrou.*) Mon ami! calmez vous, sinon je pressens ce soir une crise... après dîner.

BOUTROU.

Entre gens comme il faut!.. si peu de tact, un tel oubli des convenances!.. Il ne me reste qu'à me retirer.

VALANÇAY.

Non pas, s'il vous plaît! vous ne m'échapperez pas ainsi.

BOUILLEY, *à part.*

Ce comte est d'une petitesse...

BOUTROU, *d'une voix éteinte.*

Je le répète : je suis fatigué, malade; les émotions me sont interdites, et cette scène m'affecte très-péniblement.

VALANÇAY.

Aidez-moi donc à l'abréger. Feu mon oncle, dont vous possédiez la confiance, avait déposé (*Boutrou fait un signe négatif; il veut interrompre; mais Valançay poursuit.*) et j'ai laissé entre vos mains environ quatre cent mille francs, que vous deviez transmettre à un agent de change pour les convertir en coupons de rente. Comme ce ne sont point là des spéculations commerciales, les sommes auraient dû se retrouves intactes...

BOUTROU, *saluant avec grâce.*

Suivez un peu mon raisonnement : si vos assertions étaient fondées, et je le conteste formellement, la trace de ces sommes aurait été facilement suivie sur le carnet de mon agent de change et dans mes livres qui sont à jour : sinon, la méprise est évidente.

(*Bouilley s'associe d'intention à toute cette scène où il voudrait et ne peut placer son mot.*)

VALANÇAY.

Je ne saisis pas.

BOUTROU.

Si les placements avaient été omis, les sommes devraient figurer à mon actif : car il faut bien qu'on les trouve quelque part.

VALANÇAY.

C'est mon avis.

BOUTROU.

Eh bien ! ne voyez-vous pas que nous sommes d'accord? Un dépôt est chose sacrée, et quatre cent mille francs ne disparaissent pas ainsi.

VALANÇAY.

A la bonne heure!

BOUTROU.

S'ils avaient été soustraits, il faudrait que, par une mauvaise foi flagrante, un misérable... un fripon...

VALANÇAY.

Très-bien!

BOUTROU.

Mais, cher Monsieur, de si énormes allégations ne se supposent point; il faut les prouver.

VALANÇAY.

Ma correspondance, la vôtre...

BOUTROU.

Parlez sans réticence : seriez-vous embarrassé par ma franchise?

VALANÇAY.

Vous étiez dépositaire d'une somme considérable...

BOUTROU.

Dépositaire! Non, Monsieur, non! Emprunteur, banquier tout au plus... Vous vous méprenez déplorablement sur la valeur des mots.

VALANÇAY.

Puisque vos affaires se sont dérangées, ne deviez-vous pas rembourser?

BOUTROU.

Apprenez, Monsieur, que je suis, grâce à Dieu, parti les mains nettes; l'on ne me reprochera pas d'avoir dépouillé mes créanciers, par des manœuvres complaisantes qui créent des priviléges au profit de quelques-uns... Vous aurez le sort de mes clients s'il vous est dû; vous signerez, si vous tenez à ne pas tout perdre, au concordat où vous serez appelé; et si vous ne l'êtes point, je ne vous dois rien.

VALANÇAY.

Tenez, monsieur Boutrou, votre situation est fausse; ma fortune est entre vos mains, le hasard vous expose à ma merci; soyez prudent en faisant acte de probité.

BOUTROU.

Ai-je compris ce que vous proposez? J'irais, moi, commettre cette infamie de soustraire des fonds qui ne sont plus à moi... et devenant banqueroutier pour vous plaire, je ferais du comte de Valançay le complice d'une transaction occulte, frauduleuse! Il suffit : une telle proposition m'éclaire; je devine à qui je parle en ce moment, et l'imprudence où m'entraînait un instant d'effusion. Tout est rompu, Monsieur : je garde... ma dignité; vous n'obtiendrez pas une parole de plus.

BOUILLEY, *à part.*

C'est qu'il est très-subtil... ce Valançay!

STELLA, *à part.*

Philippe est perdu. Cet homme-là a tout mis en sûreté.

VALANÇAY.

Il a créé la majesté de l'escroquerie!

(*Stella se lève et s'approche de Boutrou*)

BOUTROU, *avec une émotion paterne.*

Tenez! vous êtes jeune et peu versé dans la science des affaires. Croyez-moi, veillez plus assidûment sur vos intérêts à l'avenir, et n'exposez plus ceux qui ont l'honneur de vous servir à des responsabilités si périlleuses. Mettons fin à un démêlé dont je ne garde aucune impression fâcheuse : nous aviserons ensemble, nous causerons de votre affaire; vous trouverez en moi un zélé défenseur.

VALANÇAY.

C'est trop de bonté!

BOUTROU, *saluant.*

Mademoiselle, j'ai bien l'honneur...

BOUILLEY, *de même.*

Monsieur de Valançay...

STELLA, *bas à Valançay.*

Suivez-le, soyez dupe, sachez où il demeure; nous le ferons garder à vue... et revenez ici sur-le-champ.

VALANÇAY.

Je comprends...

(*Ils sortent.*)

SCÈNE IV.

STELLA, *seule.*

Dans la religion du jour, dont le veau d'or est l'idole, Tartuffe s'appelle Boutrou. L'autre ne ruinait qu'une famille et voilait son intrigue; celui-ci procède au grand jour : la philosophie a marché... Quel abîme! l'intérêt enchaîne tout, jusqu'à l'amour. Valançay, Valançay! les préjugés de votre honneur me coûteront bien cher, si ce fripon emporte avec votre or le repos de ma vie... (*Elle s'assied pensive et attristée.*)

SCÈNE V.

STELLA, LE BARON DE KOERNER. (*Il s'avance et la contemple sans bruit.*)

LE BARON.

Quelle profonde rêverie ! A coup sûr, on ne pense guère à moi.

STELLA, *se détournant.*

Le baron de Kœrner ! Que vous êtes aimable de ne pas vous laisser trop désirer !

LE BARON, *triste, froid, sardonique.*

J'arrive trop tôt ?

STELLA.

Pouvez-vous le penser ?

LE BARON.

Vous n'étiez pas préparée à ce bonheur ; à mon âge on devrait redouter l'effet des surprises, n'est-il pas vrai ? (*Il lui prend les mains.*)

STELLA.

Vous n'avez point changé : votre cœur est resté défiant ; le mien mériterait mieux.

LE BARON.

Je vous en fais juge : je vous avais quittée sur la foi d'un rendez-vous à Vienne ; vous ajournez tout, sous couleur d'un voyage en France ; puis, vous cessez de m'écrire et j'apprends à Francfort, que Mademoiselle est à Bade. Ma foi, je n'ai pu résister à l'attrait de vous faire enrager, et m'y voilà tout prêt. Vous me traitez avec une rigueur !.. La reconnaissance serait seule à la hauteur d'un si profond oubli.

STELLA.

Vous mériteriez bien d'être aimé par devoir, et accablé de bénédictions !

LE BARON.

Votre négligence m'y a préparé. Quel joli serpent j'ai réchauffé là !

STELLA.

A quel tyran je me suis attachée ! (*Avec effusion.*) Et penser que sur la terre il n'existe pas d'ami plus désintéressé, plus sincère, ni meilleur!

LE BARON.

Le pensez-vous réellement?

STELLA.

Vous ne me ferez pas l'injure d'en douter!

LE BARON, *la contemplant avec amour.*

Alors, je n'ai plus qu'à faire la révérence pour me retirer. Sûre de mon amitié, qu'avez-vous à conquérir? Me voilà bon à chiffonner comme un vieux journal. Allons, j'aurai manqué de coquetterie... Je suis si jeune!

STELLA.

Est-ce ma faute si vous avez rapporté de vos anciennes ambassades un scepticisme officiel, qui vous rend toute vérité suspecte! Quoi! lorque l'on vous chérit, il faudrait se taire, il faudrait...

LE BARON.

S'épargner ces efforts de mémoire; oui, Stella. M'aimer, me supporter, si tel est votre bon plaisir, à la bonne heure. Mais, renoncez à ce mot de reconnaissance qui m'inquiète; si j'allais m'y laisser prendre, que deviendrait votre liberté?

STELLA.

Ma liberté! J'entends: un fardeau qui pèserait à la vôtre... Mais en dépit de tout, et bien que vous affectiez de ne tenir à personne...

LE BARON

Quelques-uns me craignent; d'autres ont besoin de mon crédit: quant à mon indifférence... les jeunes femmes sont coquettes! Ce n'est point assez d'être à Bade, il faut encore avouer pourquoi. Comptez-vous y séjourner longtemps?

STELLA.

Je ne sais: je puis partir d'un moment à l'autre. D'ici-là, je l'espère, nous nous reverrons souvent... au salon de conversation, à la promenade, au bal, enfin partout.

LE BARON, *à part.*

Je la gêne... (*Haut.*) A mon regret, chère enfant, je me vois forcé de vous quitter: une visite, au grand Duc... Pour me dédommager de ma disgrâce, je lui parlerai de vous. (*Stella se lève, Valançay paraît. Le baron toisé prolonge sa visite.*)

SCÈNE VI.

LES MÊMES, VALANÇAY. (*Avant d'apercevoir Kœrner, il a posé son chapeau sur un guéridon près de la porte.*)

LE BARON, *à part.*

Sa manière d'entrer est familière...

STELLA.

Avez-vous réussi à suivre votre homme jusqu'à sa demeure?

VALANÇAY.

Il loge à quatre pas. Je vous expliquerai plus à loisir, quand on pourra, sans vous déranger...

LE BARON, *à part.*

Ce que je reçois se nomme, en termes de physique, le choc en retour... (*Haut et faisant mine de se retirer.*) Monsieur vient pour affaires, et les affaires avant tout, comme disent... les hommes d'affaires.

STELLA.

Non, vraiment! asseyez-vous donc.

(*Le baron hésite, mais voyant que Valançay s'obstine à rester debout, il s'assied près d'une table.*)

LE BARON, *nuance caustique.*

Puisque vous l'exigez absolument...

(*Il dépose tout doucement son chapeau sur la table.*)

VALANÇAY, *à part.*

On est ici comme chez soi... (*Il s'assied. Haut.*) Ce Bade est vraiment un caravansérail...

STELLA.

C'est ce que vous m'avez fait l'honneur de me dire ce matin.

LE BARON.

Monsieur a eu deux fois raison. (*A part.*) Il n'en est encore qu'aux jalousies ridicules.

VALANÇAY, *à part.*

Cet Allemand ne comprend rien.

(*Il se lève avec affectation*).

STELLA, *à part.*

Sa mauvaise humeur me met au supplice. (*Haut.*) Vous ne comptez pas sortir par ce soleil ardent?

LE BARON.

Nous quitter si vite! Je joins ma prière à celle de Mademoiselle. Vous êtes de ses amis, Monsieur, c'est une sympathie entre nous, et je regretterais la brièveté d'une si agréable entrevue.

VALANÇAY, *à part.*

La déclaration des droits... (*Haut.*) Je serai heureux de cultiver une connaissance, engagée sous des auspices, qui pour être imprévus...

LE BARON.

N'en ont que plus de charmes.

VALANÇAY.

Monsieur n'habite point Paris, je suppose?

LE BARON.

Je réside ordinairement en Allemagne : un bon pays, Monsieur, où les femmes sont respectées, les hommes d'une humeur cordiale et discrète.

VALANÇAY.

Et même, dit-on, un peu naïfs. Nous avons d'autres défauts.

LE BARON.

L'impatience des conquérants; mais l'habitude de vaincre... Du reste, vous rachetez cette vertu par un si gracieux enjouement!

STELLA, *avec une gaîté forcée.*

Franchement, ce n'est pas le moment d'en parler; je vous vois joûter comme dans un tournoi; mais je vous en préviens, c'est au vaincu que j'adjugerai le prix.

VALANÇAY *avec dépit.*

Je me déclare battu, et sans rien prétendre... (*Il prend son chapeau. — D'une voix très-émue.*) Mademoiselle, recevez mes adieux! (*Avec une rage concentrée.*) Au revoir, Monsieur, au revoir!

LE BARON, *à part.*

Des menacc

permettez, Monsieur, j'aurai l'avantage de vous accompagner. (*Il prend son chapeau.*)

STELLA, *effrayée.*

Mon Dieu! que vont-ils faire, j'ai peur!

LE BARON, *s'inclinant.*

Mademoiselle, jusqu'au plaisir...

STELLA, *avec résolution.*

Puisque vous me quittez ensemble, au moins permettez-moi de finir par où j'aurais dû commencer, en vous présentant l'un à l'autre. (*Désignant le baron.*) Monsieur le baron de Kœrner...

VALANÇAY.

Je n'ai qu'à m'incliner...

STELLA, *à part.*

Il le faut! (*Haut; désignant Valançay.*) Le comte Philippe de Valançay... mon ami, qui a bien voulu m'accompagner à Bade.

LE BARON, *saluant avec effort.*

Monsieur... (*A part.*) Pourquoi l'ai-je si longtemps laissée seule!

STELLA, *à part.*

Du moins, ils ne se quereIleront pas!

LE BARON, *à Valançay.*

J'ignorais, Monsieur, que j'eusse l'honneur de vous faire visite; c'est un point qui vous a également échappé: rarement on s'avise de tout.

VALANÇAY.

Nous sommes tous deux chez une amie.

LE BARON.

Le choix de Stella est un éloge que vous justifiez certainement. Elle vous a donné un noble cœur, Monsieur, un cœur dont j'apprécie tout le prix.

VALANÇAY, *à demi-voix.*

Je n'avais à souhaiter qu'une approbation si flatteuse... (*A part, avec une colère contenue.*) Mon bonheur est complet!

(*Il demeure pensif.*)

STELLA, *bas, au baron.*

Je suis moins coupable que vous le croyez, peut-être. Mais, ne m'interrogez pas, ne me blâmez pas !

LE BARON.

Non ; quand on radote, il faut être amusant.

STELLA.

Vous reverrai-je bientôt?

LE BARON.

Bientôt : dès que vous aurez besoin de moi.

(*Il sort.*)

SCÈNE VII.

STELLA, VALANÇAY.

STELLA.

Cher Philippe ! douterez-vous encore que je vous aime?

VALANÇAY.

Non, non ! vous êtes un ange !.. Mais, cet homme, il faut le détromper !

STELLA, *tendrement.*

M'enviez-vous la joie de me sacrifier pour vous !

VALANÇAY.

Ce baron riche, dit-on, comme un Nabab...

STELLA.

Est aussi dédaigneux de la fortune que lassé des honneurs. C'est l'âme la plus généreuse !.. Ah ! je serais bien ingrate, s'il n'occupait après vous, la première place dans mon cœur !

VALANÇAY.

Être jaloux du passé... la raison m'interdit cet excès d'égoïsme ; cependant, Stella, mettez-vous à ma place. (*Avec feu.*) Que n'ai-je une position d'indépendance, un avenir à vous sacrifier avec audace! On me verrait jeter au monde un de ces défis que l'amour inspire. Mais, dans ma misère... que dirait-on? que penserait de moi ce Kœrner à qui vous m'avez préféré! Concevez-vous?..

STELLA, *à part.*

Affreuse pensée! affreuse! (*Haut.*) Philippe, laissez-moi vous dire... Ah! c'est cruel, pourtant! Vous comprendrez... Mon Dieu, s'il allait ne pas me croire!

VALANÇAY.

Suis-je donc à ce point esclave des apparences et des jugements du monde?

STELLA.

Le monde! ma conscience et vous, Philippe; voilà pour moi le monde entier. Je ne vous ai jamais raconté ma vie... Pourquoi suis-je contrainte à réveiller de tels souvenirs! Mais puisqu'il le faut,.. écoutez donc, et jugez-moi. J'avais treize ans lorsque ma mère mourut. Elle m'élevait dans des principes sévères; la maison paternelle avait un air d'austérité qui provenait moins encore de la vie recluse de cette pauvre femme, que des habitudes stoïques de son mari, officier général qui vivait pauvre dans une opulente maison. Je le vénérais, et j'aimais ma mère avec un mélange inexplicable de compassion et de respect. Sa dernière maladie fut courte: mon père ne daigna la voir qu'une fois; la veille de la nuit où elle expira. Quand je l'eus perdue, je me fis des reliques de tout ce qui lui avait appartenu. Un jour, en furetant çà et là dans son appartement abandonné, je trouvai parmi des papiers qu'elle n'avait pas eu le temps de détruire, la raison de sa profonde mélancolie et de la préférence dont ma sœur était l'objet de la part de celui... que je regardais comme mon père...

VALANÇAY.

Poursuivez, Stella!

STELLA, *avec hésitation.*

Hélas! je n'étais pas sa fille... il le savait! Dès lors, je compris que je n'avais plus de famille, et que ma mère me léguait son isolement et son expiation. Honteuse d'usurper dans cette maison une place, une fortune où je n'avais aucun droit devant Dieu, toujours tremblante sous un regard froid et implacable qui me reprochait ma naissance, je m'enfuis seule, à pied, presque sans argent. Nous habitions près de la frontière; je passai le Rhin, et fis si bien que l'on perdit ma trace. A Salzbourg, un vieil ami de ma mère, un pauvre organiste m'enseigna son art et me céda bientôt ses plus jeunes écolières. J'étais seule, j'étais libre: que de fois, pourtant, n'ai-je pas regretté la famille absente! La famille... elle se retraçait à mon souvenir sous les traits de cette jeune sœur que j'avais aimée, que j'ai pleurée longtemps, et qui toujours à mes côtés, apportait entre son père et moi, sa gaîté, ses caresses d'enfant. Son amitié naissante avait rendu bien pénible le devoir de cette séparation.

VALANÇAY.

Pauvre enfant abandonnée... que de courage!

STELLA.

C'est dans une maison où j'enseignais le solfège, que je rencontrai le baron de Kœrner. (*Valançay tressaille.*) Son ton, avec moi, dans les visites qu'il fit à mon maître, était presque rude. Néanmoins, il me prônait partout. Il donna à mes études une direction plus forte; il m'a produite à la cour de Vienne, il m'a mise à la mode, et depuis l'âge de seize ans, je lui dois mon éducation, avec mes succès, et l'indépendance qu'ils m'ont procurée.

VALANÇAY.

Quoi! ce personnage amer et sardonique, ce diplomate rusé, si corrompu, dit-on...

STELLA.

Corrompu... on en dit autant de toutes les intelligences supérieures: c'est la vengeance des sots.

VALANÇAY.

Il se peut... laissons là monsieur de Kœrner pour ne penser qu'à vous.

STELLA.

C'est ainsi que j'ai rompu les liens qui m'attachaient à la société. Plus tard j'ai voulu reconquérir un rang, mais, hélas! pour une jeune fille isolée, tout prête au soupçon; le travail la compromet, le talent la décrie, la célébrité la signale aux médisances. Dédaigneuse et fière, j'avais pour consolation l'estime et l'affection de deux hommes. Tous trois nous foulions aux pieds les jugements humains, et ce dernier, cet unique asile s'écroule...

VALANÇAY.

Non, chère Stella, je vous respecte et vous aime...

STELLA.

Et vous me soupçonnez, écho de ce monde qui vous soumet à ses erreurs; et le baron, ce confident de mes pensées, me croit déshonorée! Moi-même, enfin, pour empêcher des malheurs qui consacraient ma honte, je me suis vue réduite, en l'absence du respect que je n'ai pu vous inspirer, à me calomnier, afin de laisser votre animosité sans prétexte. Je ne reproche rien à personne, Philippe; cependant je suis bien malheureuse!

VALANÇAY.

Parce que votre foi dans l'amour est chancelante. Stella! Je n'existe que pour vous. Restons supérieurs à la société, au lieu d'y briguer le dernier rang; et soyons libres, puisque nous avons choisi la liberté. Stella, m'aimez-vous?

STELLA.

Il le demande, grand Dieu!

VALANÇAY.

Eh bien! entre le monde et moi choisissez! Si vous me préférez à lui (*Baissant la voix.*) vivons pour nous seuls... A ce prix j'aurai le courage de demander à une carrière obscure, le droit d'être à vous, l'indépendance qui seule peut nous réunir.

STELLA.

Oh! j'entrevois l'abîme!...

VALANÇAY.

Stella, c'est l'arrêt de ma mort ou le bonheur de ma vie que tes lèvres vont prononcer! Si ton cœur me rejette, tout est consommé pour moi... Ah! cet orgueil te coûterait trop cher, si tu étais exaltée par un de ces sentiments profonds qui s'immolent avec bonheur et font du sacrifice un triomphe!

STELLA, *éperdue.*

N'achève pas! sois généreux si tu m'aimes! Mon Valançay, vous m'êtes plus cher que la vie; mais l'honneur m'est plus cher encore. Non, votre délire ne m'atteindra pas; je resterai digne de vous!

VALANÇAY, *avec emportement.*

Oh! j'ai compris!.. Je lis enfin dans ce cœur égoïste et froid qui fait de l'amour un jeu, et de ma vie un supplice! Votre inutile vertu, à laquelle le monde ne croit pas, c'est la vanité! Elle ne demande qu'un esclave pour le fouler aux pieds. Ingrate, ingrate! Mais, ces lourdes chaînes, je les brise! Souffrir ainsi, non, ce n'était pas vivre... Eh bien, je reprends ma liberté! Après tout, la vie offre encore à qui s'y livre en aveugle, des joies amères qui nous forcent d'oublier... Adieu donc, adieu! Oh! cette fois, c'est pour jamais!.. (*Il s'enfuit en désordre.*)

STELLA.

Valançay! mon ami! (*Seule, avec accablement.*) Ces victoires-là coûtent bien cher, et les trèves sont si courtes! Quelques heures... tout le jour peut-être. Mais demain?.. (*Elle sort accablée.*)

FIN DU DEUXIÈME ACTE.

ACTE TROISIÈME.

Le même salon qu'à l'acte précédent.

SCÈNE PREMIÈRE.

STELLA, VALANÇAY.

(Ils entrent vivement par la porte du fond, qui est toute ouverte.)

STELLA, *très-agitée.*

Vous ne sortirez pas sans m'avoir parlé !

VALANÇAY.

Qu'avez-vous ? Cette émotion...

STELLA.

Je vous guettais depuis trois heures.

VALANÇAY.

Moi ?

STELLA.

Je sais tout ! Vous avez joué cette nuit, ce matin encore ; et vous avez perdu. Ce Boutrou, votre mauvais génie, vous a poussé à le provoquer, et vous allez de ce pas...

VALANÇAY.

Faire une visite avant dîner. Un duel, à cinq heures du soir ? ce serait déroger à tous les usages.

STELLA.

Et si vous avez compté sur l'invraisemblance de l'heure pour agir sans être inquiété ? si, sous prétexte d'une promenade, au moment où chacun se promène, avant que le fermier des jeux ait pu jeter sur vos pas la police du pays... Vous voyez bien que je sais tout !

VALANÇAY.

Vous avez des amis d'une indiscrétion ! Ce baron entre autres... Il était là, m'épiant avec son froid sourire, et plein de sollicitude pour le fripon qui m'a ruiné. Oh! je me vengerai! D'ailleurs, quoi qu'il arrive... la mort délivre des fausses positions.

STELLA.

Vous souffrez beaucoup, car vous êtes cruel.

VALANÇAY.

Placé en face de moi, ce Boutrou semblait prendre à tâche de contrecarrer mes chances. Si je jouais noir, il jouait rouge; il doublait mes mises et gagnait mon argent au moyen de l'argent qu'il m'a volé. Quand il m'a vu au bout de mes ressources, savez-vous ce qu'il eut l'insolence de me dire? — Bah! Stella vous reste... L'infâme! J'en rougis encore.

STELLA, *tressaillant.*

Il me suppose dévouée et vous croit amoureux.

VALANÇAY.

Quelle que soit l'issue de cette rencontre, mes désastres de cette nuit nous auraient séparés. (*A part.*) La banque a tout pris... tout !

STELLA, *à part.*

Séparés! nous... (*Haut.*) Ne me quittez pas encore: il me reste tant de choses à vous dire ! Et j'oubliais...

VALANÇAY.

De me nommer l'imprudent qui vous a effrayée du récit de mon aventure?

SCÈNE II.

LES PRÉCÉDENTS, LE BARON DE KOERNER.

LE BARON, *sur le seuil.*

Si c'est une maladresse, excusez-moi, monsieur le comte; à mon âge...

VALANÇAY.

Eh! Monsieur, qui donc vous a prié...

LE BARON.

C'est votre adversaire; j'ai consenti à l'assister, et je me présente en son nom.

VALANÇAY, *à Stella.*

Nous vous rejoindrons dans un moment.

STELLA.

Non, restez : je vous cède la place. (*Au baron.*) Ah! puisque votre amitié pour moi descend à un si modeste rôle, vous serez notre sauveur! C'est mon sort que je laisse entre vos mains. (*Elle sort par une porte latérale.*)

SCÈNE III.

VALANÇAY, LE BARON DE KOERNER.

LE BARON.

Il convient d'abord d'expliquer nettement la nature de mon intervention.

VALANÇAY.

Je repousse toute pensée d'accommodement.

LE BARON.

Je ne suis pas de ces obséquieux entremetteurs de replâtrages qui dérangent les meilleures parties ; soyez rassuré sur l'honnêteté de mes intentions ; vous couperez la gorge à monsieur Boutrou, à moins que... Bref, l'un et l'autre vous serez... satisfaits.

VALANÇAY, *à part.*

Il est raisonnable. (*Haut.*) Mais, Stella, pourquoi l'avez-vous prévenue?

LE BARON.

Afin qu'elle ne me reprochât point de ne l'avoir pas fait. Puis, ne fallait-il pas qu'elle vous priât d'attendre ma visite? Vous me feriez tort, si vous doutiez de l'intérêt que m'inspire cette transaction... financière.

VALANÇAY.

De quelle transaction parlez-vous?

LE BARON.

Si jamais j'étais comme ce Boutrou du Vallon, pressé par un remboursement difficile, sa manière chevaleresque de demander et de recevoir quittance serait pour moi d'un précieux enseignement.

VALANÇAY.

Aimeriez-vous mieux tout perdre, et ne pas vous venger?

LE BARON.

Dieu m'en garde! un bon coup d'épée, c'est toujours autant de pris... sur le passif. Dans mon désir d'abréger, je suis venu m'enquérir de vos témoins, et vous offrir, si vous éprouviez à cet égard quelque difficulté...

VALANÇAY.

Vous me comblez! Il est vrai qu'ici, loin de mes relations...

LE BARON.

Disposez des miennes: si vous n'avez pas de répugnance contre deux Prussiens?

VALANÇAY.

Aucune.

LE BARON.

Gens bien élevés d'ailleurs; francs du collier, comme moi, un peu candides comme moi; mais pleins d'ardeur, comme... vous-même.

VALANÇAY.

Me voilà donc l'obligé de mes adversaires. Puis-je à mon tour vous être gracieux en quelque chose?

LE BARON.

Mon champion est l'offensé; il tient à son avantage et parle beaucoup de sa force à l'épée... Entre nous, je crois qu'il aimerait mieux le pistolet.

VALANÇAY.

C'est un sacrifice; je suis heureux de vous l'offrir.

LE BARON.

Allez donc déposer votre carte chez mes Prussiens, qui pour utiliser leurs loisirs, font deux heures de méridienne. Ils sont prévenus, et voici leur demeure: allez, et sans les réveiller; ils ont le tempérament délicat.

VALANÇAY.

On n'est pas plus galant. (*Il sort.*)

SCÈNE IV.

STELLA, LE BARON.

STELLA.

Eh bien, cher baron, avez-vous réussi?

LE BARON.

Parfaitement.

STELLA.

Je respire!

LE BARON.

Tout marche au gré de monsieur de Valançay : j'ai trouvé des témoins; l'arme est choisie...

STELLA.

Mais, c'est affreux ce que vous dites là!

LE BARON.

Ce Boutrou est brave! son courage est un capital qu'il a dû faire coter à la Bourse. Ainsi, à moins que monsieur de Valançay ne consente à des excuses...

STELLA.

Nous sommes perdus!

LE BARON.

Voulez-vous empêcher ce duel?

STELLA.

Oh! s'il ne faut que risquer mon bonheur...

LE BARON.

Il s'agit de l'assurer. Je suis dépositaire de l'honneur du sieur Boutrou du Vallon, une grande responsabilité! Mon devoir consiste à lui réserver le beau rôle. S'il restituait à votre Valançay je ne sais quelle somme, vous comprenez que ce dernier n'aurait aucun prétexte, après un si beau trait...

STELLA.

C'est folie d'espérer... Quatre cent mille francs!

LE BARON, *tirant un portefeuille.*

Peu de chose... cela tient si peu de place.

STELLA.

Vous êtes la générosité même! Mais, cher et digne ami, il m'est impossible d'accepter...

LE BARON.

Alors, votre fiancé, qui a perdu son dernier florin, vous quitte aujourd'hui même, réduit à se brûler la cervelle, à moins que la Providence ne confie cette tâche à son adversaire.

STELLA.

De grâce, épargnez-moi! Vous me placez entre l'impossible et la mort... oui, l'impossible! Plus votre dévouement est immense, plus je m'abaisserais par un si profond égoïsme. Puis, Valançay, cette âme si fière, s'il venait à découvrir...

LE BARON.

Tristes amoureux; quel prix vous attachez à l'argent! N'avez-vous pas quelque part un père inconnu? Laissez-moi le remplacer... Allons, faites quelque chose pour moi; vous me donnerez en échange la permission de vous appeler ma fille... Ma fille! Tenez, ce mot là me cause une émotion...

STELLA.

Une si douce illusion m'est interdite.

LE BARON.

Qui sait?.. Si ce père ignoré, qui a fait le malheur de trois existences, se présentait tout à coup, et disait : par respect pour l'honneur d'une femme que j'ai perdue, dans la crainte de faire rougir mon enfant, je me suis privé pendant dix ans d'une consolation que je n'ai pas méritée; j'ai retenu, dure et lente expiation, les aveux errants sur mes lèvres; et maintenant, ma fille, je demande à ta pitié la faveur de protéger ta vie!.. Repousseriez-vous ce pauvre homme, et votre ressentiment foulerait-il aux pieds la faible dot qu'il apporte à son enfant?

STELLA.

Que dites-vous? Je me sens toute bouleversée! (*Elle tombe assise. Kœrner se penche sur le dossier de son fauteuil.*)

LE BARON

Oui, s'il vous disait sa vie brisée, son cœur nâvré par un poignant souvenir, sa vieillesse solitaire, ses nuits consumées par un remords sans fin, ses travaux sans but, et le poids de sa conscience et l'appréhension de votre haine qui le poursuivent jusqu'à vos pieds...

STELLA.

Mon dieu! Mon Dieu!

LE BARON.

S'il ajoutait : depuis dix ans que je pleure ta mère en silence, mes pas ont suivi tes pas, mes soins assidus ont entouré ta vie; quand l'honneur te bannissait du logis paternel, mon désespoir courait sur tes traces, et mon affection inquiète les effaçait derrière toi; je te suivais, invisible comme une ombre, mendiant un mot, un sourire, un regard, m'épuisant à rêver des joies entrevues sans espoir d'y atteindre... S'il disait encore :.. Mais, Stella, tu te détournes, je te vois pâlir... je me tais! Va, je ne prétends plus rien!

STELLA.

Non, parlez, parlez toujours! tout est vrai! tout est béni! mon père!

(Elle s'efforce de se lever et retombe; le baron la soutient et l'embrasse.)

LE BARON.

Ma fille... ma chère fille! (*Moment de silence.*) Craignons de nous attarder sur le terrain des reconnaissances filiales... Jusqu'ici tout s'est bien passé; mais, plus tard... que de réflexions! N'oubliez jamais, mon enfant, tout ce que je dois à votre générosité. Mettez-y le comble par une discrétion absolue. Respectons la mémoire de votre mère; ne compromettons pas l'avenir de son autre fille...

STELLA.

Votre secret mourra là!

LE BARON.

Vous restez libre, et je n'apporte aucun joug à secouer : ainsi, de votre côté, point d'obligations; je m'acquitte faiblement.

STELLA.

Oh, mon père!

LE BARON.

On doit ignorer la source de cette petite fortune, sans quoi notre secret serait en péril. Cet argent est à vous; c'est vous même qui en disposerez; Valançay ne vous devra rien, car il faut qu'il vous aime. C'est le sieur Boutrou du Vallon qui sera le bouc émissaire du désintéressement; il est bon pour un si beau rôle. Je l'attends ici.

STELLA.

Quel est votre dessein?

LE BARON.

Vous le verrez. (*Il va à la cheminée et tire le cordon de la sonnette. Un domestique paraît.*) Monsieur Boutrou est-il arrivé?

LE DOMESTIQUE.

Oui, Monsieur.

LE BARON.

Faites entrer. (*Remettant le portefeuille à Stella.*) Prenez, mon enfant... Une dot, si modeste qu'elle soit, est la consécration de la paternité. Ce faible présent, dont l'origine va se purifier dans la main d'un fripon, vous sera rendu par l'amour.

SCÈNE V.

STELLA, LE BARON, M. BOUTROU.

LE BARON.

Vous arrivez à propos pour tranquilliser cette jeune fille. Vous serez raisonnable pour deux, n'est-ce pas? car monsieur de Valançay se refuse à entendre raison.

BOUTROU.

La prudence ne le servirait pas mieux; l'honneur m'oblige à poursuivre une réparation qui m'est due, et l'honneur, quand on ne possède plus rien autre...

LE BARON.

Affreuse pénurie! L'intérêt sérieux que je vous porte me suggère un moyen glorieux pour vous de tout terminer. Il ne faut pas laisser dire qu'un homme comme vous tue ses créanciers.

BOUTROU.

L'honneur est au-dessus de ces distinctions paradoxales : il devient indispensable que nous liquidions nos griefs.

LE BARON.

Si vous indemnisiez monsieur de Valançay, vous le forceriez de reconnaître ses torts.

BOUTROU.

L'in... dem... niser! à quel propos? Ne mêlons pas des

intérêts tout matériels à une question dont le principe est plus noble.

STELLA.

Vous trouveriez des amis heureux de s'associer à une résolution si généreuse.

LE BARON.

Quand un homme de votre intelligence est forcé d'abandonner le terrain des affaires, il a la sagesse de se munir de quelques deniers, car il faut vivre. Eh bien! en prélevant sur cette modeste allocation, trois ou quatre cent mille francs...

BOUTROU.

Un... prêt si considérable! Malgré mon vif désir de vous satisfaire, et d'obliger Monsieur de Valançay, en admettant même qu'une caution solide... Eh bien, non! non, cette somme je ne la possède pas; je suis hors d'état de la réaliser. (*A part.*) Si j'y comprends un mot...

STELLA.

Votre bon vouloir me touche, et me décide à vous la prêter.

BOUTROU, *avec empressement.*

A moi! j'offre ma signature.

LE BARON.

A vous la prêter... en vous en donnant quittance.

STELLA.

Cela revient au même?

BOUTROU.

Oui; mais je ne pénètre pas...

LE BARON.

Mademoiselle a besoin d'un agent délicat, sûr, adroit...

STELLA.

Discret, surtout! Oh! d'une discrétion éprouvée!

BOUTROU.

Je devine... vous voulez refaire la fortune de monsieur de Valançay et qu'il ignore... Ah! l'amour fait commettre des actions... bien belles! Mademoiselle, Monsieur le baron, ce trait est magnifique! (*A part.*) c'est le comble de l'immoralité!

LE BARON.

Je ne suis pour rien dans ce projet, Monsieur.

BOUTROU.

Fort bien ! vous ferez trois heureux, et vous m'allégez d'un grand poids; car ce fatal dépôt...

LE BARON.

Achevez... ce... ce dépôt ?..

BOUTROU, *interdit.*

Quel dépôt ? Ah !.. ces quatre cent mille francs, ce dépôt que se propose de me confier Mademoiselle...

LE BARON.

Allons, allons, convenez-en, le mot ressemble à un aveu, monsieur Boutrou, et si l'on visitait à l'instant vos bagages...

BOUTROU.

Serait-ce un piége ? Procédez, Monsieur, faites. J'affirme que l'on ne trouvera rien.

LE BARON, *avec ironie.*

Oh ! rien ?..

BOUTROU.

Rien, Monsieur, rien !

LE BARON.

Laissons cela. Et maintenant, Monsieur, devons-nous compter sur votre zèle et sur votre habileté ?

BOUTROU.

Les fonds sont prêts ?

STELLA.

Voici la somme.

BOUTROU, *avançant la main.*

Disposez de moi.

STELLA.

Vous pouvez compter...

LE BARON.

Je l'ai vérifiée moi-même.

STELLA.

Surtout discrétion absolue !

LE BARON.

Vous y êtes intéressé, et vous aurez la gloire du sacrifice. Monsieur de Valançay va venir; comme il croit avoir déposé chez vous...

BOUTROU.

Allégation insoutenable !

LE BARON.

Laissons-le dans son erreur.

BOUTROU.

Laissons-le dans son erreur. Me voilà dépositaire... pour l'amour de vous, Mademoiselle. Pourtant, je me prête à un désir qui ne laisse pas que de compromettre infiniment ma dignité. Que pensera Monsieur de Valançay, en se voyant enrichi par un homme dans la gêne, au moment d'un duel? Enfin, l'honneur a son prix... (*D'un ton plus accentué.*) l'honneur... a son prix... Ne peut-on adoucir pour moi le sacrifice, en assimilant cette double opération à un versement de capital, suivi d'un placement? Considérez que le tout a lieu sans frais; je suis dans une situation très-gênée; mon entremise tient ici lieu de celle du notaire et de l'avoué; enfin, les affaires sont les affaires; et si je prête mon ministère à cette transaction, qui exige un secret absolu... Monsieur le baron appréciera le combat qui s'élève entre ma générosité naturelle et les exigences d'une position... délicate.

LE BARON, *riant.*

Vous êtes dans les bons principes : toute opération doit profiter aux agents intermédiaires.

BOUTROU.

Il me semble que si je me contente de se. . si... s... cinq pour cent?

LE BARON.

Vingt mille francs tout ronds?

BOUTROU.

De cette façon, au moins, la transaction será régulière.

LE BARON, *à part.*

Il est superbe ! (*Haut.*) Vous avez notre parole.

BOUTROU, *à part.*

Eh bien ! ce sont de braves gens.

SCÈNE VI.

LES PRÉCÉDENTS, VALANÇAY.

VALANÇAY, *de la porte.*

Je dérange, excusez-moi... (*Il salue légèrement et recule pour sortir.*)

STELLA.

Non; vous êtes le bien venu.

BOUTROU.

Monsieur le baron,.. Mademoiselle; votre témoignage m'est ici nécessaire. (*S'approchant de Valançay, avec dignité.*) L'entretien que nous avons eu hier, dans ce salon, m'a laissé sous une impression pénible. Ce n'est pas sans un étonnement douloureux que j'ai vu un jeune homme de votre mérite, si mal au courant de ses affaires, si peu sûr de ses actes, si peu édifié sur ses droits. J'ai voulu connaître jusqu'où irait votre insouciance et j'en suis encore atterré. Car, enfin, Monsieur, si j'étais un malhonnête homme, où seraient votre recours, et vos garanties?

VALANÇAY.

Où tend cette nouvelle comédie?

BOUTROU.

Non, Monsieur, ce n'est pas de la comédie. Votre fortune est entre mes mains.

VALANÇAY.

Il l'avoue!

BOUTROU.

Je l'ai sauvée et je vous la rapporte. Pour la mettre à l'abri, j'ai dû l'envoyer hors de France, et la suivre... Et tandis que, par un scrupule exagéré d'honneur, je me compromettais pour vous... Ah! monsieur! monsieur... Vérifiez! (*Il remet le portefeuille.*)

VALANÇAY.

Il se pourrait! Quoi! Monsieur, vous auriez. . . Excusez-moi! je suis tellement surpris!.. le saisissement, le doute; car je n'y puis croire encore.

BOUTROU.

Ma franchise sera complète : pressé par des nécessités impérieuses, j'en avais distrait une parcelle, et j'eusse avoué sans rougir cet emprunt forcé. Mais, après la scène d'hier... j'ai tout risqué pour m'acquitter. J'ai joué, monsieur, c'était bien mal ! et j'ai eu le bonheur de regagner le peu qui manquait à votre compte. (*Il adresse au baron un signe d'intelligence.*)

LE BARON, *à demi-voix.*

Fort adroit !

VALANÇAY.

Ah monsieur ! je suis dans une confusion ! Mon regret ternit la joie profonde et si naturelle... Je vous dois mon indépendance, mon avenir...

LE BARON, *à part.*

Son premier élan n'est pas pour elle...

STELLA.

Pauvre garçon, comme il est ému ! le plus grand bonheur est pour moi.

BOUTROU.

Mon dessein étant d'ajourner ce versement après notre rencontre, j'étais venu prier mademoiselle et monsieur le baron de se charger de ce dépôt. Ils s'y sont refusés ; le sort des armes peut vous être contraire, et je resterais coupable à vos yeux. Maintenant, monsieur, je me tiens à vos ordres.

STELLA.

Monsieur du Vallon, ne ternissez pas une si noble action par des ressentiments...

VALANÇAY.

Chère Stella, mon devoir s'accorde à vos vœux ; il ne m'en sera que plus cher. Ce que je vous apporte de mon chef, monsieur, c'est l'expression de ma gratitude profonde, et mes regrets de ce qui s'est passé entre nous. Mais, pour elle, je ferai plus encore...

BOUTROU, *avec empressement.*

Oubl[illegible] monsieur. A vous les grâces qui font cortége aux êtr[illegible] A moi tous les sacrifices ! je ne me plaindrai pas.

LE BARON.

Admirable jusqu'au bout.

STELLA.

Philippe, cher ami, êtes-vous heureux?

VALANÇAY.

Deux fois heureux! car je suis témoin de votre joie.

LE BARON.

Venez, messieurs, il se fait tard; puisque la paix est rétablie, courons décommander nos Prussiens!

(*Ils sortent, reconduits par Valançay.*)

STELLA, *seule.*

Je n'ose pas rester avec lui; ma conscience est chargée d'un mensonge... qui ne lui pèse guère. Pourtant, s'il le lisait dans mes yeux... (*Elle s'enfuit.*)

SCÈNE VII.

VALANÇAY, PUIS M. DE BOUILLEY.

VALANÇAY.

Elle n'est plus là! (*Il fait quelques pas avec agitation.*) Je n'y puis croire encore... La joie étreint comme la douleur; elle empêche de respirer!

BOUILLEY.

Je vous rencontre à propos!

VALANÇAY, *lui serrant les mains avec effusion.*

Soyez le bien venu, mon cher ami!

BOUILLEY, *flatté.* (*A part.*)

Son ami... (*Haut.*) Mieux qu'un ami! Vous voyez un solliciteur.

VALANÇAY.

Aurais-je cette bonne fortune, de vous être agréable?

BOUILLEY.

Vous l'aurez! (*A part.*) Il est méconnaissable; et moi qui craignais... La modestie m'a toujours compromis.

VALANÇAY.

Je vous écoute.

BOUILLEY.

Vous savez que je sollicite une préfecture?

VALANÇAY.

Dans le grand duché de Bade?

BOUILLEY, *riant.*

Ah! très-piquant! Notre ministre de l'intérieur vient d'arriver ici.

VALANÇAY.

Qui vous a dit?..

BOUILLEY, *montrant un papier imprimé.*

Le *Moniteur* de cette vaste auberge, la liste des étrangers. La dernière carayane est aussi choisie que nombreuse. Tout notre monde, à nous... (*Lisant*): Lady Hereford,.. marquis de Ribauviller, princesse de Véga,.. les Blinval, d'anciens pairs de France, on n'en fait plus! une madame de Toriny...et sa nièce... elle doit être jolie.

VALANÇAY, *tressaillant.*

Vous dites?

BOUILLEY.

Qu'elle doit être jolie.

VALANÇAY.

Ce nom... le dernier? (*Il se penche sur Bouilley et jette les yeux sur la liste. A part.*) Delphine! Delphine est à Bade!..

BOUILLEY.

On dit qu'il est très-bien!.. et même, là!.. très-bien!

VALANÇAY, *préoccupé.*

Qui donc?

BOUILLEY.

Parbleu! le ministre.

VALANÇAY.

Les goûts dépendent des couleurs.

BOUILLEY.

Il vous connaît: vous seriez bien aimable de lui glisser un mot de mon affaire.

VALANÇAY.

De quelle affaire?

BOUILLEY.

De ma préfecture. Mes droits sont évidents, j'ai failli deux fois être nommé sous-préfet : mais j'ai eu du guignon ; on a voulu m'envoyer à des Pyrénées, à des Alpes, au diable... je ne sais où. J'ai résisté, les gens comme nous ne peuvent pas s'éloigner du centre. Bref, je suis encore à pied.

VALANÇAY.

Il fallait écrire.

BOUILLEY.

J'ai signé vingt réclamations qu'on n'a pas lues... Pour réussir, il faut être appuyé : recommandez monsieur de Bouilley, monsieur de Bouilley... vous serez pris en considération, et l'on n'osera questionner, de peur de paraître ignorant. Un homonyme illustre est un bienfaiteur involontaire. Vrai ! quelques mots de vous me feraient du bien.

VALANÇAY.

Quoi ! vous songez à être préfet ? A parler franchement, je doute que mon crédit...

BOUILLEY.

On connaît son monde, et ce que vous valez sur la place. Ici, vous êtes un personnage ; le premier après le ministre et le grand duc. Par le temps qui court, on respecte tout ce qui est en vue, tout ce qui est envié : l'amour de la belle Stella, l'amitié du baron de Kœrner, ce veau d'or qu'elle vous a immolé, et dont vous traînez après vous la dépouille, ce sont là des titres. Elle vous compromet, vous l'affichez... A-t-on rien à refuser aux puissances ? Ah ! si vous sollicitiez pour vous, on serait forcé d'être scrupuleux. Mais vous arborez l'indépendance, vous dédaignez l'opinion ; vous êtes supérieur à tout. Allez, cher, c'est du La Rochefoucault tout pur.

VALANÇAY, *amèrement.*

Vous croyez ?... (*Il paraît péniblement affecté.*)

BOUILLEY.

J'en suis sûr ; au revoir ! (*Il sort.*)

SCÈNE VIII.

VALANÇAY, *seul.*

(*Pendant cette scène le jour baisse graduellement.*)

Delphine est ici! Je devrais quitter Bade où ma position équivoque... Ah! ce Kœrner! Aux yeux du public, suis-je trompé, suis-je dupe? Non, ma honte est notoire, et ce Bouilley vient de l'étaler devant moi!... Cet amour-là me perd dans l'estime du monde... Stella, pour lui, sera-t-elle la comtesse de Valançay! Non; je ne serai que le mari de Stella! Comme on va défaisant sa vie! (*Le jour baisse un peu plus.*) Cependant, s'il est une femme pure et digne d'être honorée, d'être chérie!.. je le sais, moi; mais pour la société, cette vertu reste sans caution, cet honneur a manqué de gardien, cette noblesse ne peut faire ses preuves... Est-ce donc là ce sort paisible, cette considération que j'avais rêvés! Delphine... elle m'aimait! Et elle me reverrait ici, riche, et près d'une autre?... Non... je ne supporterai pas son mépris! non! avant de la fuir pour jamais, je veux la voir une dernière fois, et me justifier à ses yeux!

FIN DU TROISIÈME ACTE.

ACTE QUATRIEME.

Un salon illuminé. — Canapés, chauffeuses, bergères, tables de jeu dans les coins, guéridons, etc. — Une galerie dans le fond, conduisant à la salle de danse.

SCÈNE PREMIÈRE.

STELLA, *assise*, LE BARON DE KOERNER, MADAME D'ERLACH, BOUILLEY, MADAME D'ALBY, INVITÉS.

Mme D'ERLACH, *au baron*.

Votre pupille a fort bon air, et en l'amenant ici, vous nous avez fait une bien agréable surprise. Nous avons ce soir un peu de musique, vous le saviez sans doute? Chacun sera ravi d'entendre une artiste d'un si beau talent.

LE BARON.

Stella est souffrante, et je ne pense pas...

Mme D'ERLACH, *contrariée*.

Cependant j'avais annoncé à tout le monde que cette belle virtuose...

LE BARON.

Paierait sa bienvenue? Je m'explique ce désir; mais nous venons tout simplement en amis.

Mme D'ERLACH.

C'est nous faire encore plus d'honneur. Vous nous surprenez en petit comité, presque en famille; car j'attends Valançay mon neveu, et sa future. Ce cher enfant n'était pas facile à établir, et son mariage m'a donné bien du souci. Des affaires embrouillées... une fortune compromise; mais, grâce à Dieu, raffermie... On s'était quitté, l'on s'est revu par hasard, et l'on s'est enfin accordé sur un terrain neutre, à la fin de l'été. Il fallait un motif aussi puissant pour me décider à revoir ce Paris, où je me sens dépaysée. Cependant, c'est avec un certain plaisir que je fais à mon neveu les honneurs de cette maison de campagne qui lui appartient. C'est une ancienne terre des Valançay que, grâce à la déplorable situation des affaires et à l'habile entremise de Monsieur du Vallon, Philippe a pu racheter à bas prix. Mais j'abuse de votre ancienne amitié pour vous conter des choses...

LE BARON.

Qui m'intéressent beaucoup. On est loin d'être indifférent à ce qui vous touche.

STELLA, *qui s'étant aperçue qu'on la regardait beaucoup, s'est levée et approchée d'une glace; au baron :*

Ma toilette est-elle convenable? Ma coiffure n'a rien d'étrange?

LE BARON.

Non, vraiment! tout est d'un goût irréprochable.

STELLA.

Alors... c'est singulier! chacun m'examine...

(*Stella se rassied, le baron remonte se mêler à un groupe d'hommes; Madame d'Erlach s'est approchée de Madame d'Alby. Bouilley va saluer Stella, à qui un domestique offre des rafraîchissements; le plateau est ensuite présenté à Bouilley.*)

BOUILLEY, *refusant d'un geste.*

Réservons notre estomac à des travaux plus sérieux; j'ai entrevu les apprêts d'un souper.

Mme D'ALBY, *à Madame d'Erlach.*

Eh bien! vous voilà rassurée... elle chantera, n'est-ce pas?

Mme D'ERLACH.

Un manque d'usage! Oh! les mœurs de Paris... Elle se dit souffrante.

Mme D'ALBY.

Mais alors, vous sentez?...

Mme D'ERLACH.

Vous me voyez au supplice! Toutes les contrariétés à la fois! Le temps est détestable, le chemin défoncé... je m'effraye de la quantité de gens qu'il me faudra héberger cette nuit.

SCÈNE II.

LES PRÉCÉDENTS, BOUTROU.

(Bouilley va au-devant de lui et lui serre la main.)

Mme D'ERLACH, *à Boutrou.*

Cher monsieur du Vallon, je suis bien charmée de vous voir.

BOUTROU, *avec emphase.*

Il est doux pour moi de saluer l'aurore d'un bonheur... qui est un peu mon ouvrage.

LE BARON, *à Boutrou.*

Je joins mes félicitations à celles dont vous vous gratifiez.

BOUTROU.

Vous ici, Monsieur le baron ! et Mademoiselle !.. vous ne savez donc pas?..

LE BARON.

Au contraire, je sais parfaitement. Mais chut! Elle ignore tout.

BOUTROU.

Monsieur de Valançay, l'avez-vous vu ?

LE BARON.

Pas encore... *(Il lui tourne le dos et disparaît dans le fond.)*

BOUTROU, *à part.*

Que vient-il faire ici? chercherait-il un éclat? Les quatre cent mille francs doivent lui tenir au cœur. Mais à moi aussi ! Certes, je ne les paierai pas une seconde fois. *(Il s'empresse d'aller saluer Stella.)*

Mme D'ALBY, *le suivant des yeux, à Madame d'Erlach.*

Les hommes raffolent tous des excentricités... cependant, je ne puis croire à tout ce qu'on a dit sur cette muse errante.

(Bouilley se rapproche de Boutrou.)

Mme D'ERLACH.

Rabattez-en la moitié, le reste sera suffisant. Et se voir forcée d'accueillir...

Mme D'ALBY.

La protégée officielle de M. de Kœrner?

Mme D'ERLACH.

Dans nos provinces, ces sortes de désagréments sont impossibles.

BOUTROU, *à Stella.*

Je n'aperçois pas le ménage assorti des Herbelin. (*A Bouilley.*) Vous les voyez toujours?

BOUILLEY.

Rarement. Vous savez qu'Herbelin a perdu sa place?

BOUTROU.

Pourquoi ne faites-vous pas la cour à une si jolie personne?

BOUILLEY.

Son mari est trop laid.

BOUTROU, *à Stella.*

Elle gagnerait trop à changer. (*On rit.*)

STELLA, *se levant, à part.*

Ils sont sans gêne, et je leur fais l'effet d'un garçon! Voilà ce monde dont les arrêts sévères...

BOUILLEY, *à madame d'Erlach.*

Ce cher Valançay n'arive pas?

Mme D'ERLACH.

Mon neveu viendra tard, suivant l'usage des rois de la mode et des arbitres de l'élégance.

BOUILLEY, *à part.*

Bien obligé! (*Haut.*) Une autre fois, je n'arriverai que le lendemain.

STELLA, *à part.*

Son neveu... Monsieur de Valancay va venir! grand Dieu! pourquoi m'a-t-on entraînée à cette soirée, où je souffre de tant de manières? — Rougissant de ce que j'entends malgré moi... traitée sans égards... Oh! ma place n'est point ici. N'attendons pas cette épreuve: partons! Le baron ne voit rien, il faut lui parler.

BOUTROU.

Vous cherchez monsieur le baron? je vais vous conduire auprès de lui. Vous paraissez indisposée : il fait une chaleur... et vous ferez bien d'aller prendre l'air. (*Il lui offre la main ; ils sortent.*)

SCÈNE III.

MADAME D'ERLACH, BOUILLEY, MADAME D'ALBY.

Mme D'ALBY.

Allons! elle est ici comme tout le monde!

Mme D'ERLACH.

Le baron qui se compromet avec elle, aurait pu se dispenser d'afficher ici sa conquête, et puisqu'elle ne chante pas...

BOUILLEY.

C'est une personne agréable ; je la voyais assiduement à Bade. J'aime tant la musique!

Mme D'ALBY.

Mauvais sujet! (*A madame d'Erlach.*) Cependant, pour votre future nièce, pour ma fille... l'exemple...

Mme D'ERLACH.

Je suis sur les épines, et si je ne faisais fonds sur votre amitié... Mais vous expliquerez tout à vos amis. Dites-leur bien que le baron est excessivement riche ; ils comprendront mieux...

Mme D'ALBY.

A la bonne heure! (*A part.*) Ses scrupules provinciaux me divertissent. (*Haut.*) Il est désolant que dans une réunion de famille, au point où en sont les choses... car chacun sait que votre cher neveu...

Mme D'ERLACH.

Mon neveu!.. Ces femmes artistes compromettent tous nos jeunes gens.

BOUILLEY.

Hum! hum!.. Le baron de Kœrner s'est conduit avec un esprit! Mais cette affaire nous a donné du mal. Au reste, j'étais là... (*Kœrner entre par la gauche en donnant le bras à Stella.*) et quand on a du tact, de l'usage...

Mme D'ALBY.

Ce que c'est que ce monde !

(*Ils se reculent tous.*)

LE BARON, *à Stella, au milieu du théâtre.*

Qu'importe ! avez-vous à rougir devant lui ?

STELLA.

Ces regards, cette foule... ils sont là chez eux.

LE BARON.

En êtes-vous bien sûre ? Calmez-vous, ne suis-je pas là ? Allons chercher votre danseur : un peu d'exercice vous remettra.

(*Tout en parlant, ils s'acheminent vers la droite et sortent par une porte latérale.*)

SCÈNE IV.

LES PRÉCÉDENTS, DELPHINE, VALANÇAY, MADAME TORINY.

Mme D'ERLACH.

Que vous arrivez tard !

VALANÇAY.

Les chemins sont si mauvais !

DELPHINE.

On ne devinerait jamais qui s'est fait attendre.

Mme TORINY.

Monsieur de Valançay s'est fait désirer...

DELPHINE.

Comme un mari.

Mme D'ERLACH.

Déjà ?

DELPHINE.

Puis, ma tante n'est jamais prête : elle est si coquette et a tant de raisons de l'être !

VALANÇAY.

Onze heures viennent de sonner.

(Pendant que madame Toriny écoute madame d'Alby qui lui parle bas, Bouilley présente la main à Delphine.)

BOUILLEY.

Mademoiselle...

DELPHINE, *à Valançay.*

Ce sera votre punition.

(Elle sort avec Bouilley.)

SCÈNE V.

VALANÇAY, MADAME TORINY, MADAME D'ALBY.

Mme TORINY, *bas à Valançay.*

Votre conduite est inexplicable : on a admis ici une personne qui, moins que toute autre, après le scandale de vos anciennes relations...

VALANÇAY.

Qui donc?

(En ce moment, Kœrner apparaît au fond sur le seuil et se dirige vers la porte latérale à gauche.)

Mme TORINY, *montrant Kœrner.*

Voilà qui vous aidera à deviner.

(Valançay et Kœrner se saluent. — Kœrner disparaît.)

VALANÇAY, *à madame Toriny.*

Quoi! vous supposez?..

Mme TORINY.

On m'a tout raconté.

VALANÇAY, *à part.*

Elle ici, un pareil jour! Ah! j'aurais voulu que cette épreuve me fût épargnée.

(Il s'éclipse un moment.)

SCÈNE VI.

BOUILLEY, MADAME D'ALBY, MADAME TORINY, PUIS STELLA, ET ENSUITE VALANÇAY ET MADAME D'ERLACH.

(*Bouilley paraît au fond où il se fait un mouvement.*)

Mme D'ALBY, *à Bouilley.*

Qu'est-il donc arrivé?

BOUILLEY.

Elle n'a pas trouvé de vis-à-vis et a dû quitter le quadrille. Si j'avais osé... Mais quand on a une position... j'attends une préfecture. (*Stella entre par le fond et descend à gauche.*) La voilà!

Mme D'ALBY, *bas.*

Aussi pourquoi se fourvoyer ici! Elle ne sait donc rien.

Stella est arrivée à gauche près des dames qui se reculent à son approche. — Valançay, qui rentre, a vu ce mouvement.)

STELLA, *à part.*

Ce monde bourgeois me glace... (*Apercevant Valançay.*) Ah (*Ils échangent un salut.*) Je me croyais plus forte.

(*Elle s'assied.*)

VALANÇAY, *à part.*

La voir ainsi délaissée! et ne pouvoir...

(*Il fait un pas vers Stella. — Madame d'Erlach rentre et se place entre eux. A Valançay :*)

Mme D'ERLACH, *bas.*

Que faites-vous? Une pareille distraction... Et sous les yeux de madame Toriny!

(*Elle s'empare du bras de Valançay et le conduit à droite.*)

VALANÇAY, *à part.*

Oh! les convenances!

BOUILLEY, *à droite, donnant un tour à sa chaise.*

On pense venir au bal... point! On a choisi sa place pour assister à une exécution.

Mme TORINY, *assise sur le canapé à côté de madame d'Alby, et regardant Stella de côté.*

Etiez-vous avant-hier chez le général?

Mme D'ALBY.

Je me suis sauvée de bonne heure: Une cohue! c'était l'arche de Noé.

Mme D'ERLACH.

On y reçoit tout sans choisir. En province...

Mme TORINY.

C'est partout la même chose.

(*Les regards se portent sur Stella qui souffre visiblement*)

Mme D'ALBY.

Bah! la tolérance est de mise aujourd'hui, dans la belle société surtout, et les scrupules sentent leur petit monde: n'est-ce pas, Madame?

Mme TORINY.

Je ne vous comprends pas, Madame, et je pense qu'il serait fort à propos de restituer aux femmes la police des salons.

Mme D'ERLACH.

Rigueur difficile: il est des influences...

Mme TORINY.

Qui n'oseraient nous imposer la loi. Certes, je n'hésiterais pas à les combattre, et avec ménagement, je ferais sentir à qui de droit que... qu'il... enfin...

VALANÇAY, *à demi-voix.*

Oh! Madame!..

Mme TORINY, *de même.*

Pas un mot! on vous observe.

Mme D'ERLACH, *qui s'est approchée de Stella.*

Vous paraissez souffrante; un peu fatiguée... (*D'un ton mielleux.*) Désirez-vous?..

STELLA.

Que vous êtes bonne, Madame!.. oui, je voudrais...

(*Elle cherche des yeux autour d'elle.*)

Mme D'ERLACH.

Votre pelisse, peut-être?... Il n'est pas tard.

Mme TORINY, *à part.*

Très-bien !

VALANÇAY, *s'avançant avec respect.*

Rien ne vous presse, Mademoiselle; mais si je puis vous être utile, je serai très-heureux de me mettre à votre disposition.

STELLA, *confuse.*

Vous, Monsieur?.. (*Elle se lève incertaine.*)

Mme D'ERLACH, *bas à Valançay.*

Philippe, vous oubliez...

VALANÇAY, *de même.*

Non, ma tante, non; je me souviens !

STELLA.

Je vous remercie, Monsieur... je me sens mieux.

Mme D'ALBY, *bas à Bouilley.*

On a été trop loin, et madame Toriny a ce qu'elle mérite.

BOUILLEY, *de même.*

Mais, si je ne me trompe, c'est grâce à vos aménités...

Mme D'ALBY.

Ah ! c'est que je suis d'une franchise !..

STELLA, *à part.*

Oh! si j'osais!.. C'est une pensée bien hardie... un combat; mais j'aurai la victoire. Allons, pauvre cœur, affermis-toi !

VALANÇAY, *à Stella.*

Un malaise passager, n'est-ce pas? Déjà vos yeux se ravivent...

STELLA.

Oui, oui; je suis beaucoup mieux. (*A part.*) Du courage! que l'artiste relève la femme et la remette à son rang ! (*Haut, avec animation et se plaçant au milieu de la scène.*) Je regrette vraiment de n'avoir osé me rendre tout à l'heure aux désirs de madame d'Erlach, et d'avoir craint que ma voix un peu fatiguée...

Mme D'ERLACH, *avec empressement.*

Vous êtes charmante! Venez, venez! Nous serons heureux de vous applaudir.

Mme D'ALBY.

Mademoiselle va donc chanter? C'est une bonne fortune pour nous.

BOUILLEY, *à ceux qui sont au fond.*

Mademoiselle va chanter! mademoiselle va chanter!

STELLA.

Trop heureuse de reconnaître cet accueil affable, et d'offrir ma bonne volonté à un si bienveillant auditoire.

Mme D'ERLACH, *indiquant le chemin.*

Passons de l'autre côté : venez, Mesdames. Vous nous suivez Messieurs?

STELLA, *à part, avec exaltation.*

Je me sens ranimée... d'un seul coup je remonte à ma place; cette foule glacée, je l'échauffe, et l'agenouille à mes pieds !

(*Bouilley lui présente la main; tout le monde les suit*).

SCÈNE VII.

VALANÇAY, LE BARON. (*Il entre quand la foule est sortie*).

VALANÇAY, *se jetant sur un fauteuil à gauche.*

Non, je n'irai pas! Cette voix, je ne l'ai que trop écoutée...

LE BARON.

Cette voix, jeune homme, cette voix vous poursuivra longtemps, c'est celle du remords. Elle vous harcèle en tous lieux, elle défie les années, elle accélère et flétrit les longues heures de la vieillesse. Ah! si vous connaissiez le poids d'une irréparable faute!..

VALANÇAY.

Je ne connais plus que mon devoir; je saurai l'accomplir, et je ne souffrirai point un langage qui m'offense! Vous m'entendez, Monsieur?..

LE BARON.

N'espérez pas m'intimider par de vaines provocations. Le duel, cette façon décemment frauduleuse de faire banqueroute à la vérité, le duel est au-dessous de moi dans cette occasion.

VALANÇAY.

Pour s'oublier à ce point, il faut que monsieur de Kœrner soit passionné par un intérêt d'une vivacité...

LE BARON.

Vous savez qu'il est pur, vous le savez! Donc, votre conduite est héroïque? Oseriez-vous la justifier à mes yeux?

VALANÇAY.

Je ne daignerai, certes point...

LE BARON.

Alors, c'est moi qui daignerai pour vous. — Nous avons tour à tour rencontré dans la vie la même femme : je l'ai préservée, et vous l'avez perdue. Je l'ai trouvée pauvre, errante et sans guide, et je l'ai fait élever comme mon enfant. Protéger ses premiers pas, orner son esprit, diriger son cœur, lui créer une carrière, voilà mon œuvre à moi. Eh bien! quand ce trésor, longuement amassé, vous fut légué par l'amour, me suis-je plaint? Non; Stella vous avait choisi, mon cœur vous adopta. Vous étiez pauvre alors, et votre fierté vous séparait d'elle : vous voilà riche, et votre vanité la sacrifie à des préjugés misérables. Cette compagne si dévouée de vos mauvais jours, cette amante sans reproches, cette âme que vous avez soumise... Tout! vous avez tout rejeté, tout brisé, tout détruit! Une si belle vie! vous l'avez foulée aux pieds. Et vous parlez de conscience, de dignité, que sais-je! En vérité, monsieur de Valançay, vous êtes fou!

VALANÇAY.

C'en est trop! et si je ne respectais...

LE BARON.

Que respectez-vous? Le monde, pour qui vous vous mariez; l'argent, qui vous fait substituer des convenances mesquines à la probité du cœur? Mais cette loyauté du pauvre, prenez garde! Je pourrais vous la rendre en peu de mots.

VALANÇAY.

Assez de paroles provoquantes, et d'un zèle... qui finit par m'être suspect!

LE BARON, *exaspéré*.

Eh bien! qu'il sache tout!

SCÈNE VIII.

VALANÇAY, BOUTROU, LE BARON.

BOUTROU.

Sublime! admirable! que faites-vous là, Messieurs? Venez, le morceau est redemandé...

LE BARON.

Vous arrivez à propos! Parlez à monsieur de Valançay, parlez, Monsieur; racontez-lui ce qui s'est passé à Bade. Qu'il sache enfin ce qu'elle est, cette fortune dont il a si bien usé!

BOUTROU, *à part.*

Voilà ce que je craignais...

LE BARON.

Parlez! Mais parlez donc!

BOUTROU.

Ce qui s'est passé? Monsieur de Valançay le sait à merveille. (*A part.*) Tenons ferme!

VALANÇAY.

Cette fortune... Eh bien?

LE BARON, *désignant Valançay.*

Encore s'il était intéressé, avide, on concevrait... Mais, non, non! la fortune lui plait pour la considération qu'elle donne; il s'élève, à son insu, au platonisme de la cupidité. Vous aimez deux femmes, l'une quand vous êtes riche, l'autre quand vous cessez de l'être. Laquelle des deux allez-vous préférer?.. Consultez votre homme d'affaires. (*Il se promène agité.*)

VALANÇAY.

Que signifie?.. (*A Boutrou.*) M'expliquerez-vous enfin?..

LE BARON, *à Boutrou.*

Parlez donc, Monsieur! je l'exige.

BOUTROU, *au baron.*

Mais c'est ma ruine, que cet aveu; c'est mon déshonneur affiché! Est-ce là le prix de ma complaisance, de ma discrétion?

LE BARON.

On vous les a payées.

BOUTROU.

Plus bas! Eh bien!.. je rendrai les honoraires.

LE BARON.

C'est trop balancer. (*A Valançay.*) Cette fortune que vous avez reçue des mains du sieur Boutrou avec une crédulité si candide...

BOUTROU.

Monsieur le baron, vous manquez à votre parole! D'ailleurs, vous n'avez pas de preuves...

VALANÇAY.

Point de détours! Expliquez-vous, Monsieur, je puis tout entendre.

BOUTROU.

Vous êtes tendrement aimé, Monsieur, et avec une abnégation!.. Vous étiez sans ressources; vos amis n'ont pu supporter la pensée de vos chagrins, ils m'ont aidé; nous nous sommes saignés... qu'importe! nous ne regrettons rien; un mariage viendra tout justifier.

VALANÇAY.

Arrêtez! je comprends... oh! j'ai tout compris! la honte, la honte... et sa tendresse dont je suis écrasé! (*Au baron.*) Je rendrai tout, et vous lui direz... vous lui direz... (*L'émotion lui coupe la parole.*)

BOUTROU.

C'est de la folie! on ne rend pas ainsi quatre cent mille francs!

VALANÇAY.

Elle aurait poussé jusque-là le sacrifice!.. (*Il couvre son front de ses deux mains.*)

BOUTROU.

Votre procédé supposerait un égoïsme! Songez-y donc : c'est huit cent mille francs que vous nous faites perdre!

LE BARON.

Comment l'entendez-vous?

BOUTROU.

Et mes quatre cent mille francs, à moi?

LE BARON.

Vos?.. Ah! ceux que vous devez au comte de Valançay?

BOUTROU.

Que je devais!.. Si mademoiselle Stella a daigné me faire une avance, qui vous prouve que je ne l'ai pas remboursée? Questionnez-là, vous verrez...

VALANÇAY.

Vous faites d'elle un sublime éloge! (*Au baron.*) Il suffit, Monsieur, je vous crois.

BOUTROU.

Laissons les choses comme elles sont, la délicatesse vous en fait un devoir. Mademoiselle Stella le mérite, et monsieur de Kœrner, par son... désintéressement, par sa conduite généreuse...

VALANÇAY, *avec éclat, au baron.*

Vous l'entendez, Monsieur! Vous voyez ce que l'on suppose, et à quelle considération j'aurais paru céder, en recevant de vous le prix d'une réparation... comprenez-vous, enfin?

LE BARON, *à part.*

C'est moi, moi qui la perds! (*A Valançay.*) Écoutez-moi, Monsieur.

VALANÇAY.

Pas un mot! Stella a son défenseur ici; je la révère et je vous honore, Monsieur; sachez-le bien, je ne suis que malheureux.

LE BARON.

Malheureux...

VALANÇAY.

Cette maison n'est plus à moi; l'habit même, oui, l'habit qui me couvre ne m'appartient pas! Vous l'avez vu, ce coup m'a frappé sans m'abattre. Un chaste et nâvrant souvenir sera mon dernier bien, quand tout le reste aura disparu. (*Il se jette accablé dans un fauteuil.*)

BOUTROU, *à part.*

Il n'entend rien aux affaires!

LE BARON.

Tout comprendre, c'est tout pardonner... Je comprends tout. (*Allant à Valançay.*) Monsieur de Valançay, ce n'est point un ressentiment futile qui m'a dicté ces pénibles aveux. Je n'ai songé qu'au bonheur de Stella. Son sort est entre vos mains... Afin d'adoucir le vôtre, elle a fait de son mieux; j'attends pour elle un bien plus grand sacrifice, celui de votre amour-propre et de vos préjugés. Réfléchissez : un scrupule d'orgueil égoïste et vulgaire peut seul s'élever entre elle et vous; réfléchissez! Si votre cœur l'emporte, je serai sans inquiétude, car vous aimerez votre femme. On vient! remettez-vous, et que tout reste entre nous trois.

SCÈNE IX.

VALANÇAY, LE BARON, MADAME D'ERLACH, STELLA, MADAME TORINY, MADAME D'ALBY, BOUILLEY, BOUTROU, INVITÉS; PUIS DELPHINE.

Mme D'ERLACH.

Quelle superbe méthode! Un instrument magnifique! Une âme, une expression! Ce n'est qu'à Paris...

Mme D'ALBY.

Charmant! charmant! (*A Valançay.*) Vous avez beaucoup perdu, Monsieur.

Mme TORINY.

On a vraiment trop à redouter des séductions d'un pareil talent!

BOUILLEY.

Ah! brava, brava! Une morbidezza... un brio... une puissance vocale! Ce n'est plus un gosier... c'est un chapelet de perles.

(*On entoure et on félicite Stella.*)

DELPHINE, *accourant du fond.*

Où est-elle? où est-elle? Oh! je veux l'embrasser.

STELLA.

Cette voix!.. (*Les deux jeunes filles se trouvent face à face.*) Qu'ai-je vu!

DELPHINE.

Le cœur ne se trompe pas, et le mien t'a reconnue.

STELLA.

Chère Delphine!

DELPHINE.

C'est bien toi! (*Se jetant dans ses bras.*) C'est toi, ma sœur!

TOUS.

Sa sœur!

LE BARON, *à part.*

Ennoblie par l'art, relevée par la famille... Allons, j'ai réussi! (*Il accourt auprès de Stella.*)

DELPHINE, *à madame Toriny.*

Eh quoi, ma tante, vous ne lui dites rien? vous ne l'embrassez pas? Mais, c'est ma sœur, c'est votre nièce!

Mme TORINY, *à demi-voix.*

Je ne la connais pas!.. C'est votre étourderie seule qui attire sur nous un pareil scandale.

(*Mesdames d'Erlach et Toriny occupent l'attention de Delphine.*)

STELLA, *au baron.*

Je n'ai pu contenir mon émotion, quand sa voix d'enfant... Je retrouve une sœur.

LE BARON, *à demi-voix.*

Et plus encore: un fiancé

STELLA.

Non! je l'ai banni de ma pensée.

LE BARON, *à Valançay.*

Elle a repris sa place dans ce monde par vous si respecté; ainsi...

VALANÇAY, *tristement.*

Demain, Stella, vous lirez dans mon cœur, je ne vous cacherai rien, et vous déciderez de notre sort.

LE BARON.

Mais, ici, pas un mot!

STELLA, *à part.*

Dieu bon! donnez-moi la force de lui résister!

(*Delphine rejoint Stella, elles vont s'asseoir et causer à gauche; le baron les suit.*)

Mme D'ERLACH, *à Valançay.*

Philippe, venez donc! Messieurs, offrez la main aux dames;

e souper est servi. (*A madame Toriny.*) Il faut bien vite emmener tout ce monde... Ah! la fâcheuse rencontre!

Mme TORINY.

J'en suis consternée!

Mme D'ERLACH, *à Valançay.*

Une aventurière dans notre famille!

Mme TORINY.

Vous comprenez que cette... personne ne sera jamais pour nous qu'une étrangère.

VALANÇAY, *troublé.*

Sa famille la repousse...

Mme D'ERLACH.

Mesdames, nous nous oublions à causer ici... A table, à table!

(*Les invités sortent lentement.*

BOUTROU, *à part.*

Encore, si mademoiselle Stella m'avait donné un reçu... de l'argent qu'elle m'a prêté!

Mme TORINY.

Delphine, on vous attend; monsieur de Valançay; allons!

BOUTROU, *lui offrant le bras.*

Veuillez, Madame... Il faut leur donner l'exemple.

DELPHINE.

Ma tante, nous vous suivons.

(*Madame Toriny, Boutrou et Bouilley sortent.*)

SCÈNE X.

VALANÇAY, STELLA, DELPHINE, LE BARON.

DELPHINE, *à Stella.*

Ils ne me laisseraient pas le temps de t'embrasser! (*A Valançay.*) Du moins, vous nous restez... et l'on peut souper sans nous. (*A Stella.*) Si l'on se fâche, ma foi ! je me révolte; je prends la fuite à mon tour... avec toi. Mais regarde-moi donc : nos yeux ont tant de choses à se dire ! M'as-tu trouvée bien changée? Passablement vieillie, n'est-ce pas? J'ai près de dix-huit ans.

STELLA.

Vous êtes bonne et charmante.

DELPHINE.

Vous!.. Les succès t'auraient-ils rendue fière? Est-ce possible! Stella, ce nom qui retentissait à mon oreille, c'était celui de ma sœur. Comme je t'ai vite reconnue ! Ta voix n'a pas changé. Dès que tu as chanté, mon cœur a battu ; tu es apparue enfant à mon souvenir; j'ai levé les yeux et je t'ai retrouvée femme. Tous les bonheurs à la fois ! Te revoir, au moment même où je vais me marier !

STELLA.

Te marier?

LE BARON, *à part.*

Tout est perdu !

DELPHINE.

Que je te contemple encore ! Allons, c'est à mon tour d'être l'aînée.

STELLA.

Chère Delphine !

DELPHINE.

Tu me conteras tes aventures... Les bonnes confidences ! et je donnerai l'exemple. Il faut savoir d'abord que je dis tout ce que je pense, et fais tout ce qui me plaît : voilà pour le fond du caractère. Ton indépendance trouve à qui parler.

LE BARON, *inquiet.*

Votre tante vous attend ; elle appelle, je crois...

DELPHINE.

Elle n'attend plus, la voici.

SCÈNE XI.

VALANÇAY, STELLA, MADAME TORINY, DELPHINE, LE BARON.

Mme TORINY.

On n'est pas plus étourdie! Venez donc ma chère; ici vous dérangez tout le monde.

DELPHINE, *à sa sœur.*

Ne t'effraie pas! Ma tante Toriny ne te connaît pas encore; au fond elle est excellente.

STELLA, *à madame Toriny.*

Si j'osais implorer un quart d'heure de grâce... Nous sommes si heureuses d'être ensemble!

Mme TORINY, *à part.*

Elle est d'un sans gêne...

VALANÇAY, *à part.*

Quel supplice!

Mme TORINY.

Ma nièce, il convient que nous partions : La bienséance...

DELPHINE.

Enfin, ma tante, c'est un... c'est un rapt! Je me mets sous la protection de monsieur de Valançay. *(A Stella.)* Mais, vous vous connaissez, je crois?

STELLA, *gaîment,*

Beaucoup, et depuis longtemps.

DELPHINE, *de même.*

Ce n'est point assez; j'entends que l'on s'aime.

STELLA, *l'embrassant.*

Chère Delphine!

DELPHINE.

Entre nous deux que manquait-il?.. un frère!

Mme TORINY.

Ce n'est pas le moment de parler de ces choses-là.

LE BARON.

En effet...

DELPHINE.

Ne sommes-nous pas en famille?

STELLA.

Ton cœur est un trésor. C'est qu'elle devine tout!

DELPHINE.

Il t'a connue la première; il a pu te parler, t'entendre, t'admirer, et sans devenir amoureux!.. Ma foi! j'ai du bonheur, et c'est l'échapper belle!

STELLA, *tressaillant.*

Comment? (*A part.*) Non, non... Oh! non... c'est impossible!

DELPHINE.

Une si forte épreuve m'interdit à jamais la jalousie.

STELLA, *chancelle, met la main sur son cœur, et d'une voix éteinte :* C'est le dernier coup!

LE BARON, *à Stella.*

Contenez-vous...

STELLA, *à Valançay, à part.*

Ainsi, à Bade, l'été dernier, c'était elle?.. (*Valançay baisse la tête et se tait.*) et ce soir même, ce bal... (*Elle le contemple avec anxiété.*)

VALANÇAY, *désespéré.*

Stella!..

STELLA.

Je comprends!

DELPHINE.

Qu'avez-vous à comploter? Chacun a des secrets dont je ne suis pas.

Mme TORINY.

Elle ne voit rien.

DELPHINE.

Que se passe-t-il donc? Monsieur de Valançay, vous vous taisez? Comme il est pâle!

STELLA, *se plaçant entre eux.*

Et tu l'es davantage.

DELPHINE.

Moi?

STELLA, *souriant avec effort.*

Allons, tu n'es pas jalouse à demi... et s'il t'aime, ce frère que tu m'as donné, il est payé de retour.

DELPHINE, *respirant.*

Eh bien! je l'avouerai, un instant j'ai eu peur.

STELLA.

Peur de moi, de sa confidente! Supposer que Stella... Oh non! la liberté, la célébrité, voilà mes seules passions.

DELPHINE.

Je t'admire sans te comprendre : vivre à l'ombre, rendre sans mesure le bonheur qu'on reçoit, faire de ce monde une solitude à deux... c'est là mon rêve!

Mme TORINY.

Delphine!

STELLA, *à part.*

Elle me fait mourir!

VALANÇAY, *bas.*

Stella, n'espérez pas que je consente jamais...

STELLA, *lui montrant Delphine.*

Pas un mot! Vous sauvez l'honneur de ma mère... et je deviens votre sœur.

DELPHINE, *à Stella.*

Tu resteras près de nous : n'es-tu pas lasse de cette vie errante?

STELLA, *avec résolution.*

Non; je pars, il le faut!

DELPHINE.

Ce trouble, ce départ subit... Je me sens saisie d'un effroi...

STELLA.

Ton bonheur est un enseignement pour ta pauvre sœur : la liberté, pour nous, ce n'est que la solitude! Le monde a raison.

DELPHINE.

Il te reste un asile qui ne te manquera jamais !

(*Elles s'embrassent.*)

LE BARON, *à part.*

Chère Stella ! tous les efforts de ma tendresse n'ont rien réparé...

STELLA, *s'arrachant des bras de sa sœur.*

Adieu ! tu es heureuse. n'est-ce pas? Oh ! sois bien heureuse, au moins! Adieu !.. Adieu !

(*Elle saisit la main du baron de Kœrner et l'entraîne. Valançay fait quelques pas vers la porte : madame Toriny se place entre eux, et lui montre Delphine.*)

FIN.

www.ingramcontent.com/pod-product-compliance
Ingram Content Group UK Ltd.
Pitfield, Milton Keynes, MK11 3LW, UK
UKHW020933180726
13838UKWH00002B/930